나는 막연함에
속았다

나는 막연함에 속았다

초판 1쇄 발행 ㅣ 2019년 06월 12일

저자 ㅣ 권다예
발행처 ㅣ 다독임북스
발행인 ㅣ 송경민
편집팀 ㅣ 이해림, 이연지
디자인 ㅣ 구지원
그림 ㅣ Meg

등록 ㅣ 제 25100-2017-000042
주소 ㅣ 서울시 구로구 디지털로 33길 48
전화 ㅣ 02-6964-7660
팩스 ㅣ 0505-328-7637
이메일 ㅣ gamtoon@naver.com

ISBN ㅣ 979-11-964471-6-8

나는 막연함에
속았다

권다예 지음

다독임북스

단발머리

스물여덟, 처음으로 머리카락을 잘랐다. 처음으로, 머리카락을 잘랐다고 하니 왠지 태어나서 한 번도 머리카락을 자르지 않고 살아왔을 듯싶지만 그건 절대 아니다. 살아오면서 틈틈이, 아니 아주 빈번하게 머리카락을 잘라 왔으니까. 그럼에도 스물여덟 살에 자른 머리카락은 이전과는 다른, 조금 특별한 의미로 다가왔다.

사실 머리카락을 자르겠노라 결심을 했으면서도 나는 거의 석 달 가량을 자르지 않고 버텼다. 아직 날이 선선하지 않으니까. 내가 가려던 미용실이 다음 달부터 할인행사를 한다고 하니까, 라는 핑계를 대며 나의 결심을 계속 희석하기 바빴다. 그렇게 미용실을 예약하기까지 아니, 미용실을 예약하고 그곳에 가기 전날까지도 정말 혼자서 별짓을 다 했던 것 같다. 아침에 일어나 다 뜨지도 못한 눈을 비비며 긴 머리카락을 반으로 접었다 폈다 연신 반복하는

가 하면, 양치질을 하다가도, 샤워를 하다가도, 옷을 갈아입다가도 습관처럼 멍하니 거울 앞에 서서 단발머리를 한 내 모습을 상상하곤 했다. 우스꽝스럽게 접은 머리카락을 얼굴에 대보면서.

그런데 정작 머리카락이 잘려 나갈 때에는 생각보다 굉장히 덤덤했다. 여러 시뮬레이션을 통해 마인드 컨트롤을 해서 그런가. 그 난리를 친 것에 비하면 잘려나가는 머리카락을 태연하게 바라보고 있었다. 이제 끝났다는 홀가분한 마음으로 미용실을 나와 집으로 가는 길에 한 건물 문에 비친 내 모습을 보게 되었다. 짧아진 내 머리카락을 물끄러미 바라보다가 생각했다. 머리카락을 자르기 위해 했던, 아주 다양하고 요상한 행동들이 내가 지금까지 살아온 삶의 태도와 너무나도 닮아 있다고. 사실 내 삶은 항상 이랬다. 나는 참 쓸데없이 항상 유난스러웠다. 누군가에게 상처를 받았을 때도, 누군가에게 상처를 주었을 때도, 멍청한 짓을 했을 때도, 멍청한 짓을 당했을 때도 항상 유난스럽게 아파하고, 유난스럽게 스스로를 탓했으며, 유난스럽게 두려워하곤 했다. 그렇게 유난히도 아파했던, 두려워했던, 기뻐했던 그리고 이유 없이 모든 것이 막연하기만 했던 삶의 어느 한순간들이 책 안에 빼곡히 담겨 있다. 또, 결심을 하고서도 몇 번이나 자신의 결심 앞에서 주저했던 모습을 보며 눈치챘을지도 모르겠으나, 이 책의 대부분은 나의 멈칫, 하는 순간들로 채워져 있다.

아주 어두운 밤, 대부분의 사람들은 잠을 자고 있을 그 시간에 한 사람이 조곤조곤 적어 내려간, 일기의 어느 한 페이지를 그대로 옮겨 놓았다고도 말할 수 있다. 그만큼 그 누구에게도 보여주고 싶지 않았던, 그 누구에게도 꺼내 놓지 못했던 아주 사적인 생각들이 담겨있다. 그러나 현재를 살아가고 있는, 과거를 무던히도 견뎌온 그대의 삶의 어느 한순간과, 어떠한 감정과 맞닿아 있으면 좋겠다는 바람을 가져본다. 그래서 어느 한 페이지에선 깔깔 웃음을 터뜨리고, 어느 한 페이지에선 고개를 끄덕이고, 또 어느 한 페이지에선 괜스레 시큰거리는 코끝을 매만지며 다음 장을 넘길 수 있기를 간절히 소망해본다.

Contents

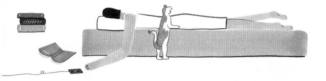

PART 2
집순이는 인생을 허비하고 있는 것일까.

PART 3
우리는 평생 막연함과 싸워야 한다.

PART 4

나를 애틋하게 바라보고 싶었다.

PART 5
잠시, 지금 이 순간을 좋아해도 되는 걸까.

PART 1

관계를 망치고 있던 건
바로, **나였다.**

관계를 망치고 있던 건 바로,
나였다.

　나는 손으로 무언가 쓰는 것을 좋아하는 편이다. 어렸을 때는 글을 쓸 때마다 들리는 연필의 서걱거리는 소리를 좋아했고, 요즘엔 검정 펜으로 수정 없이 써 내려가는 그 느낌을 좋아한다. 조금은 느리고 시대에 뒤처졌다고 생각할지 모르겠지만, 이상하게도 빠르게 전해지는 톡보다 손으로 쓰고 전달될 때까지 꽤나 시간이 걸리는 편지를 좋아하는 편이다. 아마 편지를 쓰는 동안엔 오롯이 한 대상만을 생각하며 시간을 보낼 수 있기에 더 선호하게 된 것이 아닐까 싶다. 그렇게 꾹꾹 마음을 눌러 담아 보낸 편지에 답장까지 받게 된다면, 그 기쁨은 정말 말로 다 표현할 수 없을 정도이다. 이렇게 느림에 적응되어 있는 나는, 이렇게 남들보다 한 템포씩 느린 나는 앞을 향해 빠르게 달려가는 사람들의 템포를 따라가는 것이 가끔은 벅차다.

사람들에게 있어서 연락을 주고받는다는 것은 어떤 의미일까. 오늘 나에게 있었던 일, 갑자기 떠오른 과거의 기억, 미래에 대한 약속 등 내가 경험하고 있는 혹은 경험했던 여러 감정들을 공유하는 것이지 않을까. '오늘 이런 일이 있었는데 너무 좋더라', '오늘 여기서 누굴 만났는지 알아?' 와 같은, 오늘 나에게 일어났던 일들을 알아주었으면 좋겠다는 마음으로 누군가와 연락을 주고 받는 것이지 않을까. 특별할 것은 없지만 궁금해 해줬으면 좋겠다는 마음으로. 이해하고 공감해주었으면 좋겠다는, 그 마음으로. 나는 언제부터 이러한 마음이 희석되기 시작한 걸까. 언제부터 누군가에게 나의 일상을 말하지 않게 된 것일까. 그리고 왜 그러한 사소한 연락만으로도 피로감을 느끼게 된 것일까.

나 역시 누군가에게 나의 이야기를 하는 것을 좋아한다. 나에게 일어난 일이 당신과 같아 공감해주었으면 좋겠다는 마음으로. 힘들었던 감정을 토닥여주었으면 좋겠다는 마음으로. 내 미움이 마냥 나쁜 것만은 아니었을 거라는, 그러한 위로의 마음을 주고받는 일은 언제나 즐거운 일이니까. 그래서 불과 몇 년 전만 하더라도, 감정을 공유하는 것에 큰 두려움을 느끼지 않았다. 소소하고 사소한, 그 감정을 나열할 수 있는 연락이 싫지 않았다.

싫어하지 않으면서 왜 바뀌었을까, 스스로에게 묻곤 한다. 그러한 질문이 만들어낸 약간은 삐딱한 생각 하나. 재미가 없어서, 이지 않을까. 내 일상이 재미가 없기 때문에. 그저 밋밋하고, 아무 맛이 느껴지지 않을 정도로 맹맹해서. 그렇기에 나의 일상을 전하는 것에 의미를 잃어버린 것이 아닐까, 라는 조금은 우울한 생각을 해본다. 과거의 나, 오늘의 나, 그리고 내일의 내가 큰 변화 없이 잔잔하게 흐르고 있을 거라는 걸 알고 있어서. 그래서 이 고요하다 못해 무료한 일상을 더 이상 누군가에게 공유하고 싶지 않다는 삐딱한 마음을 갖게 된 것이 아닐까. 내일에 대한 기대감이 줄어들면서, 그렇게 누군가와의 소통 역시 내려놓게 된 것이 아닐까.

그리고 그 반대의 생각 하나. 누군가의 이야기를 그저 오롯이 듣는 것이 이제 버겁다는 것. 이야기 자체를 듣는 것이 어렵다기보다는, 그 속뜻을 헤아려야 한다는 사실을 알고 나서부터 더 버겁게 다가오기 시작했다. 그저 문장 그대로, 말 그대로 받아들이고 싶지만 그 속을 조금이라도 들여다보면 말과는 전혀 다른 감정과 행동을 마주할 때가 있다. 대화 중에 그러한 모습을 보게 되면 그 사람과 대화를 나누는 내내 혼자 속이 울렁거리기 일쑤였다. 그렇게 사람들의 또 다른 언어를 보고 난 뒤, 혼자 남겨지는 날이면 허무한 감정이 들곤 했다. 그리고 그동안 그 사람과 나누었던 대화들을 곱씹게 된다. 지금까지 진심으로 여겼던 그 말은 과연 어떤 의미였을까. 어떤 의도였을까. 그렇게 혼자서 그 의미들을 곱씹어보고 있노라면 머리가, 마음이 복잡해지곤 한다. 그리고 순간 모든 것이 낯설어진다. 그동안 함께 나누었던, 나누었다고 생각했던 그 대화들은 당신에겐 어떤 것이었나요. 그리고 당신은 누구인가요, 묻고 싶어진다. 내가 전혀 모르는 타인이 된 것 같아서.

그러한 감정으로 인해 대화를 나누는 것이, 마음을 나누는 것이, 생각을 나누는 것이 조금씩 벅차다는 기분이 들기 시작했다. 그리고 문득 든 나에 대한 생각 하나. 사람들과의 관계를 점점 멀어지게 한 가장 큰 이유는 내가 가지고 있는 관계의 게으름 때문이 아닐까, 라는 나에게 던지는 화살. 다음에, 라는 단어로 회피했던 수많은 약속과 대화가 떠오른다. 지금 당장은 부담스럽지만 언젠가 너와 만날 준비가 된다면 만나겠다는 회피성 단어, 다음에. 그 회피성 단어를 수도 없이 써왔던 과거의 내 모습들을 떠올리며 반성과 자책의 시간을 보내고 있는 요즈음. 기회로 생각하지 못했던 그 사람과의 만남, 너와 조금 더 깊어질 수 있었던 그때 그 약속, 같이 가자고 했던 그 장소의 기약 없는 기다림까지. 떠오르는 기억을 하나둘 회상하고 있노라면 사람들과의 관계를 망치고 있던 건 바로, 나였다는 생각이 든다.

내가 떠나보낸 인연, 나를 떠난 인연을 하나둘 머릿속에 떠올리니 괜스레 마음이 심란해진다. 그때의 넌 나에게 진실했을지, 괜스레 궁금해지는 오늘. 그와 반대로 그때의 나는 너에게 진실한 마음이었을까. 누군가와 관계를 맺는다는 것은 언제나 어렵고 복잡하지만, 그럼에도 잃어버린 나의 인연이 다시 찾아올 수도 있다는 기대감과, 새로운 누군가가 찾아올지도 모른다는 설렘과 함께 다짐해본다. 과거처럼 게으름 때문에 소중한 인연을 잃어버리지 않겠다는, 새롭게 찾아올 인연을 놓치지 않겠다는 다짐을.

맹목적인 내 편이
필요한 순간이 있다.

　　　내 편, 이라고 말할 수 있는 사람이 몇이나 있을까 생각해본 적이 있다. '내 편'이라고 말할 수 있는 사람은 내가 힘들때, 괴로울 때, 외로울 때, 위로받고 싶을 때, 행복할 때, 즐거울 때, 자랑하고 싶을 때, 내 속마음을 다 말하고 싶을 때 내 머릿속에 떠오르는 사람일 것이다. 어떠한 말을 하고, 행동을 해도 나를 지지해줄 사람. 나를 이해해줄 사람. 내 옆에 있을 사람. 편안하게 찾아갈 수 있는 사람. 그러나 나는 가끔 혼란스러워질 때가 있다. 과연 나는 어느 선까지 내 친구 편에, 내 사람 편에 서야 할까. 나의 이성적인 판단을, 나의 이성적인 잣대를 어디까지 내비쳐도 되는 걸까.

나는 이성적인 판단을 선호하는 편이다. 그러니까 가능하면 감정의 흐름에 맡기지 않고 이성적인 판단에서 사건을, 상황을 보려고 노력하는 편이다. 왜 그 일이 일어났고, 그때 그 사람의 행동은 왜 그랬으며, 나는 어떻게 했어야 했을까 같은 나름의 추측, 추리, 판단을 하며 내 행동이 과연 옳았는지 그르었는지 혹은 너는 잘했는지 잘못했는지를 최대한 객관적인 태도로 바라보려 노력한다. 그것이 옳은 거라는 생각이 들어서. 그게 합리적으로 느껴지니까. 그리고 그렇게 판단하는 것이 멀리 봤을 땐 모두에게 좋을 거라는 생각이 들어서. 이러한 나름의 기준을 꽤 오래전부터 유지하며 살아왔다. 그러나 나이가 들어가면서, 이런저런 일을 겪게 되면서 알게 된 것이 하나 있다. 모든 것을 이성적으로만 판단할 수는 없다는 것. 모든 것을 그렇게 자로 재듯이 옳다 그르다로 나눌 수 없다는 것을 말이다.

친구들과 대화를 나누다 보면 자연스럽게 고민 상담을 하거나 듣게 된다. 그렇게 서로 고민에 대해 이야기를 나누게 될 때면 나는 보통 이런 행동을 많이 취했다. 일단 어떤 일이 있었는지 이야기를 쭉 듣는다. 그리고 묻는다. '그래서 그때 너는 어땠는데', '어떤 마음이 들었는데'. 그때 그 일을 겪었던 사람의 감정을 파악한 후, 최대한 이성적이고 중립적인 태도로 내 생각을 풀어내곤 했다. 사실 지금도 대체적으로 그런 편이다. 네가 그때 왜 그런 행동을 했는지 이해가 되지만, 반대로 그 사람이 왜 그렇게 행동을 했는지도 조금은 이해가 된다고. 아마도 이런 마음 때문에 너를 그렇게 대했던 게 아니었을까. 마치 내가 그 상황을 모두 지켜본 사람인 양, 마치 모든 것을 다 아는 사람인 양 말하곤 했었다.

사실 나는 이러한 판단이 도움이 될 거라고 생각했었다. 제3자의 입장에서 친구가 겪은 일을 봐준다면 서로를 조금 더 잘 이해할 수도 있을 거라고, 이해하게 될 거라고 생각했으니까. 다행히 아직까진 나의 이러한 상담을, 판단을 거부하거나 피하려고 했던 사람은 없었다. 표현을 하지 않아서 내가 모르는 걸 수도 있겠지만. 사건을 최대한 객관적으로 바라보기 위해 찾아낸 내 나름의 방법이었다. 그렇게 판단을 하며 이야기를 나누면 어쨌든 누군가의 행동을 최대한 이해하려고, 이해해보려고 고민하는 시간을 가질 수 있으니까. 그래서 내가 하는 이러한 판단은 그리 나쁜 게 아닐 거라고 생각했었다. 어쩌면 누군가를 이해할 수 있는 좋은 시간이라고 생각하기도 했었다. 하지만 어느 날 알게 되었다. 가끔은 이러한 판단보다 맹목적인 내 편이, 맹목적인 지지가 필요하다는 걸.

사실 이러한 마음을 알게 된 계기는 아주 단순했다. 내가, 내 마음이 그랬으면 좋겠다고, 그래주었으면 좋겠다고 간절히 외치고 있었으니까. 이유가 어찌 되었건 나의 편에 서주기를 말이다. 그 일이 설사 나 때문에 일어나게 되었더라도, 그래서 누군가에게 상처를 주게 되었더라도 내 편에 서주길 바라는 마음이 들었기 때문에. 그저 무작정 그 사람보다 나를 위로해주길 바라는 마음이 들었기 때문에. 정말 내가 잘못했더라도 스스로를 지키기 위해서는 어쩔 수 없었던 거라고. 그러니까 너는 너를 지킨 거라고, 잘못한 것이 없다고. 너를 지키는 것에 최선을 다했으니 그것만으로도 충분했다고. 그런 말을 듣고 싶었다, 어느 날의 난. 살다 보면 그럴 수도 있다고. 네가 나쁜 것이 아니라고. 나를 비난하지 않고, 나를 다그치지 않고, 나를 흔들지 않고 보듬어줄 내 편이 되어주길 바랐다.

사실 나는 예전에도 몇 번이고 이런 맹목적인 마음을, 간절함을 어렴풋이 느낀 적이 있었다. 내 주변 사람들을 통해서. 그들이 나를 바라보는 눈을 통해서. 가끔은 무조건적으로, 맹목적으로 자신의 편이 되어주길 바라는 간절한 마음을 느낀 적이 있었으니까. 그러한 마음을, 눈빛을, 말투를 느꼈던 그때의 난 그의 편에 서긴 했었다. 이해가 되진 않았지만 일단 위로가 필요한 것 같으니까. 그리고 말했다. *너의 잘못이 아니야. 나 같아도 너같이 행동했을 거야. 그럴 수밖에 없었어. 충분히 잘한 거야.* 하지만 그때 내 마음이 진실했는가, 묻는다면 나는 선뜻 대답하지 못할 것 같다. 내 이성적인 판단에선 그 사람의 잘못이 보였으니까. 그때 이렇게 했으면 좋았을 거라는 생각이 떠올랐으니까. 하지만 이러한 내 마음을 굳이 표현하지 않았다. 도움이 되지 않을 거라는 걸 알고 있어서. 무엇보다 그저 위로해주길, 자신의 편이 되어주길 바라는 마음이 더 커 보여서 굳이 내 속마음을 내비치지 않았다.

하지만 그렇다고 내가 했던 판단이 사라지는 것은 아니었다. 어쨌든 옳은 선택은 아니었다고 판단했던 내 마음은 변하지 않았다. 여전히 그 사람의 잘못이, 그 친구의 잘못이 아주 조금은 있다고 생각했으니까. 그렇게까지 이성적인 판단을 좋아했던 내가 그들과 같은 마음을 느끼게 되자, 비슷한 상황을 겪게 되자 내가 했던 판단과 해석이 자만한 태도였다는 걸 깨닫게 되었다. 사람들과 수많은 관계를 맺다 보면 아주 다양한 상황과 마음이 수없이 얽히고설키게 된다. 그 속에서 맞다 그르다 판단을 하는 것이, 누가 잘했고 잘못했다 판단해내는 것이 점점 모호해진다. 어느 시선으로, 어떠한 감수성으로 다가가느냐에 따라 해석과 판단이 다 다를 수밖에 없기에. 그리고 가끔은 이성적이고 옳은 판단보다 나와의 친밀도에 따라 사건을 바라보기도 하니까.

그래서 나는 한 가지 방법을 만들어 냈다. 내가 겪고 난 후 알게 된 마음과 같은 마음으로, 같은 감수성으로 판단하기로. 그러니까 맹목적인 너의 편이 되기로. 법을 어기는 일이 아니라면 너를 지지하기로, 너를 위로하기로, 최대한 너의 편에 서기로 마음먹었다. 네가 숨고 싶을 때, 문득 사라지고 싶을 때, 울고 싶을 때, 누군가를 비난하고 싶을 때 혹은 누군가에게 비난받을까 두려울 때 이 사람은 들어줄 것이다, 이 사람은 그래도 나의 편에 서 줄

것이다, 라는 믿음을 가질 수 있게. 일단, 너의 편이 되어주기로
했다. 어느 날의 내가 간절히 원했던 것처럼.

누군가의 취향을
알아간다는 것

　　　　　사람들은 저마다 각자의 취향을 지닌 채 살아간다. 어
떠한 이유 덕분에 생긴 취향일 수도, 직접 겪은 일에 의해 생긴 취
향일 수도, 그냥 이유 없이 마냥 좋아져서 생긴 취향일 수도 있을
것이다. 이처럼 지극히 개인적일 수밖에 없는 이 취향이라는 것과
마주하게 될 때면, 문득 이러한 생각이 든다. '취향'이라는 것은 그
사람이 가지고 있는 고유의 빛깔 같다고. '취향'이라는 것은 그 사
람이 지니고 있는, 그 사람만이 지닐 수 있는 향기 같다고 말이다.
그래서 떠올려보았다, 나의 취향을. 그리고 내가 기억하고 있는,
그대의 취향을.

　　누군가의 취향을 알아간다는 것만큼 설레는 일이 또 있을까
싶다. 전혀 알지 못하던 '누군가'에서 나의 '누군가'가 되기까지 우
리에겐 몇 번의 우연스러운 만남과 필연적인 기회가 지나갔던 걸

까. 그저 스쳐 지나가는 무수한 사람들 중 한 사람이 될 수도 있었던 그대와 나는, 겹겹의 우연과 찰나의 기회를 통해 서로의 취향을 알아갈 수 있는 인연이 되었다고 생각한다. 그만큼 어쩌면 우리는, 그대와 나는 아주 소중하고도 귀한 기회를 얻은 셈일 수도 있다. 아무리 원해도, 아무리 갖고 싶어도, 아무리 노력해보아도 인연이라는 것은 제 마음대로 만나지지도, 지속되지도 않는 아주 얄궂은 존재이니 말이다. 그래서 또렷하게 새겨보기로 했다. 하나둘 마음속에 담아보기로 했다. 그대의 빛깔을, 그대의 향기를, 그렇게 그대의 전부를.

누군가가 나의 취향을 기억해준다는 것만큼 기분 좋고 애틋해지는 일은 없을 것이다. *너 이거 안 좋아하잖아. 이걸 보니까 너 생각이 나서. 네가 했던 말이 떠올라서,* 같은 말들은 차갑게 굳어버린 마음을 포근히 안아주는 기분을 느끼게 해 준다. 말 속에 담겨 있는 세심함은 언제나 깊게 남는 법이니까. 그래서 나는 누군가가 기억하고 있는 나의 취향을 좋아한다. 과거의 내가 좋아했던 그 무언가를 잊지 않고 기억해주었다는 뜻일 테니까. 생각해보면 나의 취향은 때에 따라, 기분에 따라, 환경에 따라 시시각각 변했다. 무척이나 좋아했던 것이 한순간에 무뎌지기도 하고, 원래 좋아하지 않았던 것을 문득 나쁘지 않게 느꼈던 것처럼 취향은 무수히 변하고, 사라지다, 이내 섞이기도 했다. 그러나 나에게는 결코 변하지 않는 확고한 취향 같은 것이 몇 가지 존재한다. 하나, 찌개에는 무조건 감자를 넣는 것. 내가 제일 좋아하는 음식에 빠지지 않고 등장하는 것이 하나 있다. 바로, 감자이다. 나는 감자가 들어간 음식을 무척이나 좋아한다. 뭔가, 먹을 때마다 느껴지는 감자의 포슬거리는 식감과 담백한 맛이 좋다고 해야 할까. 그래서 우리가 흔히 먹는 김치찌개, 된장찌개, 참치찌개, 고추장찌개 등 찌개류에는 무조건 감자를 잔뜩 넣어서 먹는다. 밥을 먹다가 우연히 감자를 좋아하는 사람을 만나 잔뜩 신이 난 얼굴로 감자 예찬론을 늘어놓은 적도 더러 있었다. 둘, 보라색 덕후라는 것. 사실 이건 엄마의 영향이 조금 있었던 것 같다. 엄마가 워낙 보라색을 좋아하시다 보니, 나 역시도 자연스럽게 전염된 케이스라고 해야 하나. 물건을 살 때마다 습관적으로 보라색을 찾다 보니, 어느새 내가 쓰는 물건들은 온통 보라색으로 일렁이게 되었다. 그 외에도 아주 자잘 자잘한 취향은 대략 이러하다. 소주보단 맥주를 좋아한다는 것, 구두보단 운동화를 좋아한다는 것, 치마보단 바지를, 봄보단 가을을, DSLR 카메라보단 필름 카메라를, 산보단 바다를. 이처럼 지극히 개인적일 수밖에 없는 취향들이 내 안에 빼곡히 들어차 있다.

가끔 나와 취향이 비슷하다고 생각했던 이에게 낯선 감정을 느낄 때가 있다. 마치 또 다른 나인 것처럼, 먹고 싶은 음식의 주기가 딱 맞아떨어질 정도로 흡사한 패턴을 가지고 있던 사람에게서 낯선 감정을 느끼게 되는 순간. 생각지도 못한 낯섦, 과 마주하게 되는 순간. 나와는 다른, 그 사람의 새로운 모습을 발견하게 되는 순간. 나와 같을 줄만 알았던 그 사람에게서 새로운 모습을, 새로운 감정을 느끼게 된 그날, 나는 생각했다. 내가 잘 알고 있다 자부했던 그 사람은, 그 사람의 세계는 어쩌면 극히 일부분일 수도 있겠구나. 극히 일부분만을 보며 마치 그 사람의 전부를 알고 있다는 듯이 행동했을 수도 있겠구나. 나와 같은 사람이라 착각했을 수도 있겠구나. 그러한 생각이 든 순간, 갑자기 그 사람과 한없이 멀어지는 것을 느끼게 되었다. 그러나 이내 또 다른 생각 하나가 떠올랐다. 나에게 새로운 모습을 보여주었다는 건, 어쩌면 그만큼 나에게 마음의 문을 더 열어주었다는 신호이지 않을까. 그렇다면 나와 다르다는 것에 서운해하거나 슬퍼하는 것이 아니라, 마음을 열어주었다는 것에 감사하며 기쁜 마음으로 그 사람의 취향을 기억해야 하지 않을까, 생각했다.

내 기억력을 테스트해볼 겸, 내가 기억하고 있는 그대들의 취향을 조금 나열해볼까 한다. 내가 아는 그대는 조금 독특한 식성을 가지고 있는데, 물컹거리는 식감을 싫어해 푸딩과 회를 절대 먹지 않는다. 하지만 내 기준에선 충분히 물컹거리는 식감인 족발 껍질과 곱창, 젤리는 곧잘 먹어치운다. 또, 슬라이스 치즈는 싫어한다면서 피자 위에 뿌려져 있는 모차렐라 치즈는 맛있게 자알 먹는다. 또, 내가 아는 그대는 부대찌개에 라면보다 우동 사리 넣는 것을 좋아하고, 무슨 음식을 먹든 무조건 청양고추를 빼놓지 않고 먹는 그대도 있다. 또, 내가 아는 그대 중엔 콜라를 너무 좋아해 아침에 눈을 뜨자마자 콜라를 마시는 콜라 덕후가 있고, 차분한 성격과는 다르게 걸그룹 춤을 추며 스트레스를 푸는 그대도 있다. 또, 마블 영화를 좋아해 같은 영화를 수십 번도 넘게 본 그대도, 카페모카엔 무조건 휘핑크림 많이라며 산처럼 쌓아 올린 휘핑크림을 흐뭇하게 바라보던 그대도, 게 알레르기가 있어 게장을 먹지 못하는 그대도, 월남쌈을 먹을 때 라이스페이퍼에 고기만 넣어 먹는 그대도 있다. 냄새에 예민해 내장 종류엔 손도 안 대는 그대도 있고, 김치를 워낙 좋아해 어떤 음식을 먹든 김치를 산처럼 쌓아 놓고 먹는 그대도 있다. 이처럼 내가 기억하고 있는 그대들의 취향은 아주 많고, 다양하며, 매우 복합적이고, 또 한없이 단순하다.

과연, 나는 언제까지 그대들의 취향을 알아갈 수 있을까. 또, 그대들은 얼마 동안 내 곁에 머물며 나의 취향을 알아가 줄까. 그대들의 취향을 적어 내려가며 우리가 함께 했던, 그래서 아마도 함께 기억하고 있을 그 추억들을 머릿속에 떠올려보았다. 그리고 그대와 함께 변화해갔던 나의 취향 또한 물끄러미 바라보았다. 확고하다 믿었던 내 취향은 앞으로 몇 번이나 바뀌고 변화하게 될까. 또, 그대들의 취향은 어떠한 이유로 사라졌다 새롭게 생겨나게 될까. 부디, 나에게 기회가 주어졌으면 좋겠다고 생각했다. 앞으로도 그대의 취향을 빼곡히 알아 갈 수 있는 기회가. 그대만이 지니고 있는 향기를 맡을 수 있는 기회가. 그대의 빛깔을 바라볼

수 있는 기회가. 그렇게, 누군가의 취향을 알아갈 수 있는 소중한
시간이 계속해서 생겨났으면 좋겠다.

그 많던 친구들은
다 어디로 갔을까.

  사람들은 수많은 관계를 맺으며 살아간다. 학교에서 만난 사람, 사회에서 만난 사람, 직장에서 만난 사람, 우연히 알게 된 사람. 그 수많은 관계 속에서 나와 마음이 맞고 생각이 비슷한 사람들과 '친구'라는 관계를 맺게 되는 것이 아닐까. 어렸을 때부터 '친구'라는 이름 하에, 나와 어울려 지냈던 사람들의 얼굴이 하나둘 떠오른다. 그때 그 친구는 이래서 나와 참 잘 맞았지 기억하게 되는 친구의 얼굴이 떠오르기도 하고, 그와 반대로 나와 참 다른 성격을 가졌는데도 묘하게 잘 통했던 친구의 얼굴이 스쳐 지나가기도 한다. 친구들의 얼굴을 하나둘 멍하니 떠올리다 드는 생각 하나. 내가 어렸을 때부터 맺어왔던 그 많던 친구들은 다 어디로 갔을까. 평생 친구가 되자 약속했던 나의 친구들은 다들 어디로 떠나가버린 걸까.

사실 고백하자면, 나는 그렇게 많은 친구들을 가진 사람은 아니었다. 물론, 그 사실은 지금도 유효하지만. 원체 사회성이 부족한 사람으로 태어났기 때문에 사람들과 관계를 맺는 것을 어렸을 때부터 불편해하고 어색해했다. 그래서 학교를 다니기 시작하면서부터 나의 가장 큰 고민은 과연 내가 친구를 잘 사귈 수 있을까, 가 되기 일쑤였다. 누군가에게 다가가서 말을 거는 것도, 다가오는 사람을 웃으며 맞이하는 것도 언제나 나에겐 큰 숙제처럼 다가왔다. 누군가와 대화를 나누고, 서로에 대한 정보를 나누고, 서로 마음을 나누는 일은 언제나 어렵고 버거운 일이었지만, 나와 마음 맞는 사람을 한 사람이라도 찾게 되면 그 어떠한 것을 얻은 것보다 든든하곤 했다. 나에게 '친구'란 그런 존재였던 것 같다. 좋은 일이 생겼을 때, 슬픈 일이 생겼을 때, 화나는 일이 생겼을 때 제일 먼저 연락하고 싶은 사람. 내 생각과 마음을 나누고 싶은, 그런 존재 말이다.

나에게 가장 즐거웠던 한때를 꼽으라고 한다면 고민 없이 말할 수 있다. 바로, 고등학교 때라고. 그때의 난 참 즐거웠고 풍족했다. 여고였기에 이성에 대한 주저함이나 어색함을 걱정할 필요가 없었고, 무엇보다 그 시기에 마음 맞는 친구들을 참 많이도 만났다. 친구들과 함께 다양한 것을 경험하며 내가 진짜 하고 싶은 꿈을 찾기도 했고, 이제 막 시작한 첫 짝사랑에 대한 이야기를 나누며 이성에 대한 호기심을 공유하기도 했다. 그래서 나는 돌아가고 싶은 한때를 생각하면 항상 그때가 떠오른다. 아무런 걱정 없이 마냥 즐거웠던 그때의 우리가.

하지만 그렇게 마음을 나누고 함께할 미래를 꿈꾸던 친구들은 지금 내 옆에 없다. 다들 어디로 떠나버린 것일까. 짝사랑하던 상대와 잘 안 됐을 때보다, 정말 원하던 무언가를 얻지 못했을 때보다 더 큰 상실감을 느꼈던 것 같다. 내가 든든하게 생각하며 의지했던 내 반쪽이 떠나간 느낌이었다.

성인이 되고 나서, 각자의 생활이 바빠지면서부터 자연스럽게 멀어진 것이 아닐까. 처음 겪어보는 대학 생활이 흥미로웠을 거고, 첫 연애가 재미있었을 거고, 새롭게 만난 사람이 궁금했을 것이다. 그렇게 친구들과의 연락이 점차 뜸해지고 서로의 근황을 드문드문 전하고, 내가 알지 못하는 제3자의 이야기가 나타나면서부터 대화를 나누며 일상을 공유하는 것이 점차 힘들어지기 시작했다. 그래서일까. 나는 더욱 내 사람을 찾아 나섰다. 그때의 그 친구들과 같은, 그때의 그 친구들과 나누었던 마음과 같은 사람을 찾아다니기 바빴다. 하지만 그때의 그 친구들처럼, 그때의 그 마음처럼, 그때의 그 시절처럼 관계를 맺을 수 있는 사람을 찾기란 생각보다 쉽지 않았다.

그렇게 사람에 대해, 관계에 대해 괜스레 공허한 마음이 가득 차 있던 어느 날, 누군가의 말이 떠올랐다. 삶의 시기마다 가까워지는 사람이 달라지기 마련이라는, 그 말이. 우리는 삶의 어떠한 시기마다 유난히도 가깝게 지내게 되는 사람을 만나게 된다. 그 시기에 나와 이해관계가 얽혀있어서, 그 당시에 나와 비슷한 관심사를 갖고 있어서, 일 때문에 만날 기회가 자주 생겨나서 친해지고 가까워지는 관계가 생기기 시작한다. 오랫동안 알고 지낸 친구보다 더 많은 이야기를 나누며 그렇게 우리는 새로운 친구를 만들게 된다. 그러다 시간이 흐르고 또다시 나의 환경과 관심사가 바뀌게 되면, 관계가 서서히 멀어지거나 잠시 멈춤의 시간을 갖게 되기도 한다. 그렇게 환경에 따라, 관심사에 따라 새로운 사람들과 혹은 그전에 맺었던 관계들과 가까워지고 멀어지기를 반복하며 삶을 살아가게 되는 것 아닐까. 그렇다. 우리는 끊임없이 만나고, 헤어지고, 가까워지고, 잊히기를 반복하며 삶을 살아가고 있다. 헤어지고 잊히는 걸 아쉬워 하다가도 또다시 새로운 누군가를 만나면 언제 그랬냐는 듯 지나간 인연을, 스쳐가는 인연을 잊어버리곤 하니까. 그러니까 지금 당장 그들과 멀어졌다고, 내 곁에서 떠나갔다고 너무 슬퍼하거나 절망하지 않기로 했다. 새롭게 만난 사람과 자연스럽게 가까워졌듯 언제 그랬냐는 듯 잊었던 그들과도 다시 가까워지는 시기가 찾아올 수도 있을 테니 말이다.

지나간, 떠나간 인연을 생각하다 문득 든 생각 하나. 그 수많은 만남과 헤어짐 속에서도 여전히 내 곁에 남아있는, 여전히 머물러주고 있는 이에 대한 고마움. 그리고 지금은 내 곁에 없지만,

이미 과거가 되어버렸지만 잠시 동안이라도 내 곁에 머물러주었던 이에 대한 감사함. 생각해보면 그들을 통해 배우게 된 것들이 참 많았다. 사람들과 어떻게 친해지는지, 어떻게 마음을 주고 받는지, 싸우게 되더라도 어떻게 다시 관계를 회복하는지, 말하지 않아도 마음을 알 것 같아 눈물을 흘리는 그 따뜻함까지. 그들에게 배운 것을 글로 정확히 설명할 순 없지만, 지금도 내 마음과 몸 곳곳에 그들의 흔적이 남아있다.

아마도 난 그들 덕분에 지금까지 별 탈 없이 삶을 살아가고 있는 것이 아닐까 싶다. 삶을 살아가다 문득 그들과 함께 했던 추억을 떠올리면, 그들과 함께 나누었던 시간을 떠올리면 가슴 한 켠이 아련해지면서도 이내 웃음 짓게 만드니 말이다. 많이 부족했고, 많이 두려웠으며, 그래서 많이 서툴렀던 나와 함께 해주어, 해주었어서, 여전히 해주고 있어서 덕분에 행복하다는 말을 전하고 싶다.

상처받고 싶지 않아
상처 주었다.

어쩌면 난 좋은 사람이 아닐지도 모른다는 생각을 한
적이 있다. 가끔 불쑥불쑥 튀어나오는 나의 나쁜 생각과 마음을
만날 때면 더욱 그런 생각이 든다. 그럼, 좋은 사람이란 무엇일까.
어떻게 하면 좋은 사람이 될 수 있을까. 모든 사람에게 친절한 사
람. 모든 사람에게 따뜻한 사람. 모든 사람에게 배려 깊은 사람.
그러한 사람이 되면 과연, 좋은 사람이 될 수 있는 걸까. 좋은 사
람이 되고 싶어서 아니, 좋은 사람으로 보이고 싶어서 나의 감정
을, 나의 생각을 묻어버린 채 행동하게 될 때가 있다. 나의 생각
을, 감정을, 진심을 조금 지우고 나서야 얻게 되는 '좋은 사람'이라
는 타이틀은 정말 나 자신에게도 좋은 사람인 걸까.

나는 다행히 비교적 나쁜 사람이라는 소리를 듣고 살지 않았
던 것 같다. 사실 누군가가 나에게 대놓고 '너는 참 나빴어'라는 말

을 해주지 않아서 그런 걸 수도 있겠지만. 남에게 나쁜 사람으로 보이고 싶어 하는 사람은 아마 없을 것이다. 그래서일까. 나는 누군가에게 나쁜 사람, 배려 없는 사람, 냉정한 사람이라는 소리를 듣고 싶지 않아서 원하는 것을 조금 덜 탐하고, 누군가를 먼저 배려하려 하며, 친절한 말을 하는 그런 사람으로 살아왔던 것 같다. 물론 무조건적으로 좋은 사람이 되고 싶어서, 착한 사람으로 보이고 싶어서 억지로 계산된 행동을 한 것은 아니었지만. 그럼에도 아주 가끔은 내가 이러한 행동을 했을 때 좋아해줬던 사람들을 떠올리며 나의 행동을 계산한 적은 있으리라 짐작된다.

어느 유명한 영화 대사 중에 이런 말이 있다. 호의가 계속되면 권리인 줄 안다는 말. 영화 안에서 꽤나 의미심장하게 들렸던 그 대사가 내가 살아가는 삶 속에서도 적용되는 순간들이 종종 있었다. 누군가에게 친절하게 대하는 것이 서로 좋기에, 웃으며 말하는 사람에겐 침을 못 뱉는다고 하기에, 내가 조금 불편하더라도 함께 편할 수 있다면 그것만으로도 좋겠다는 마음으로 행했던 나의 행동이 언제부턴가 누군가에게는 당연한 권리가 되기 시작했다. 나름 희생하며 해왔던 행동들이 누군가에게는 그런 걸 해주는 당연한 사람으로 받아들여진다는 사실을 깨닫게 되자 적잖이 당황스러웠다. 내가 지금 무슨 행동을 한 거지. 이렇게 행동하는 것이 과연 잘한 일일까. 그렇게 스스로에게 되묻게 되는 순간들이 생겨나기 시작했다.

그래서일까. 어느 순간부터 나는 누군가의 말에, 행동에, 눈빛에 더 이상 상처를 받고 싶지 않아 갑옷을 찾아 입기 시작했다. 누군가의 당연하다는 그 태도에, 의미 없이 던진 말에 더 이상 다치고 싶지 않아서. 받은 상처 때문에 더 이상 '나' 자신을 숨기고 싶지 않아서. 조금 상처받기 위해, 조금 아파하기 위해, 그래서 덜 도망칠 수 있게 마음속에 단단한 벽 하나를 세워두고 사람들을 대하려 노력했다. 나의 가장 연약한 부분을 들키지 않기 위해 더욱 단단하고 견고하게 마음속 벽을 만들어 내 마음속에 쉽게 들어오지 못하게 스스로를 단련시키고 있었다.

사실 나는 알고 있다. 내가 예민하기 때문에 더 민감하게 반응하고 있다는 것을. 보통 사람 같았으면 그냥 웃어넘길 일에도 상처받는 예민한 사람이라는 것을. 하지만 다른 누군가에게는 별거 아니라 치부될 수 있는 일이라 할지라도 내가 상처를 받았다면, 내가 아팠다면 그건 나에게 아픈 구석이라는 뜻이지 않을까. 사람들마다 다들 아픈 구석 하나씩은 있을 테니 말이다. 나 역시 아무리 많이 들어도 절대 굳은살이 박이지 않을 나의 아픈 구석이 있으니까. 사실 나는 원래 이렇게 예민한 사람은 아니었다. 아니, 되레 무감각한 사람에 가까웠다. 하지만 나를 바꿔 놓은 한 가지 사건이 있었다. 별거 아닌 일이라 생각할 수 있겠지만 지금의 나에게까지 영향이 있는 것으로 보아 그때 나는 정말 상처를 많이 받았던 것 같다. 내가 믿었던 사람의 아주 짧은 몇 마디 때문에.

사람의 말은 참 무섭다. 별 뜻 없이, 별생각 없이 내뱉었다 하더라도 듣는 사람, 받아들이는 사람의 생각에 따라 그 무게는 달라지니까. 나에게도 그때의 그 말이 그랬다. 그저 시시한 농담, 별거 아닌 비밀 정도로 치부되며 누군가에게 전해졌을 그 말에 나는 지금까지도 굳은살이 박이지 않았다. 아마 그때부터 나는 좋은 사람보단 나쁜 사람이 되는 것이 편할 수도 있겠다는 생각을 하게 된 것 같다. 누군가를 의식하지 않고 오로지 스스로만 돌볼 수 있는, 그런 나쁜 사람. 과거에 좋은 사람, 착한 사람이 되고 싶었던 나는 이제 나서서 나쁜 사람이 되고 싶어진다. 내 마음보다 조금은 더 날카롭게 말하고, 내 뜻과는 다르게 가끔은 버릇없게 말하면서. 아마 그런 나를 나쁜 사람이라 판단하고 있을 거란 상상을 하면서. 아니면 전혀 반대의 행동을 하기도 한다. 상처받아도 상처받지 않은 척, 괜찮은 척, 덤덤한 척, 너의 말 따위에 나는 전혀 타격이 없다고, 애써 당당한 표정을 지으면서.

　　이러한 행동을 거듭해 나갈수록 생각하게 된다. 어쩌면 나는 스스로를 제대로 지키지 못하고 있는 것이 아닐까. 누군가에게 보일 것을 의식하며, 아니면 누군가에게 상처받고 싶지 않아 애써 만들어낸 이미지로 나를 방어하며 살아가는 것이 정말 나를 위한 일인 걸까, 의구심을 품게 된다. 끝내 이 두 가지 모습 다 진정한 내 모습은 아닐 테니까 말이다. 날카롭게 말하는 나를 볼 때면, 애써 밝은 척 사람 좋은 미소를 짓고 있는 나를 볼 때면 가끔 서글픈 감정이 밀려오곤 한다. 정말 내 모습 그대로를 보여줬을 때 나를 무시하거나 상처 주지 않을 사람은 없을까.

상처받고 싶지 않아 누군가에게 했던 나의 말이 또다시 누군가에게 상처가 되진 않았을까, 과거의 나를 곱씹어본다. 내가 이렇게 아픈 만큼 누군가도 나의 말에 아파하고 있는 것은 아닐까 걱정하면서, 두려워하면서. 자신의 말이 나에게 상처가 되었는지조차 몰랐던 너처럼 나 역시 의미 없이, 생각 없이 던졌던, 내뱉었던 말에 네가 상처받지 않았을까 반성하면서. 과거를 되돌아보다 떠오른 생각 하나. 어쩌면 내가 받은 상처의 또 다른 시작은 '나'이지 않을까. 비교적 가벼이 받았던 상처를 더욱 크고 아프게 만들었던 건 끝내 '나' 자신이지 않을까, 라는 생각. 의미 없는 말을 의미 있는 말로, 생각 없이 던졌던 말을 나를 겨냥해서 던진 말이라 부풀리면서. 그렇게 나는 나 자신에게 상처 주고 있었던 건 아니었을까.

내 옆에 많은 사람들이
있어주길 바랐다.

한때, 친구가 많은 사람을 부러워한 적이 있었다. 친구
가 많다는 것은 내가 믿고 의지할 수 있는 사람이 많다는 것. 고민
을 함께 나눌 이가 있다는 것. 보잘것없는 이야기라도 언제나 반
짝이는 눈으로 바라봐주는 존재가 있다는 뜻일 테니까. 하지만 어
느 순간부터 친구가 많다는 것을, 주변에 아는 사람이 많다는 것
을, 많은 관계 속에 살고 있다는 것을 자랑하듯 과시하고 있는 내
모습을 보게 되었다. 내가 누구보다 더 친하고, 내가 누구보다 더
많은 사람들을 알고 있고, 내가 누구보다 더 많은 관계를 맺고 있
다고 과시하게 되는 순간. 하지만 그렇게 과시를 하면 할수록, 자
랑을 하면 할수록, 더 많은 사람들과 관계를 맺으면 맺을수록 되
려 마음이 공허해지고 있다는 걸 느끼게 되었다.

어릴 적의 난 많은 친구들을 갖고 싶었다. 소위 마당발이 되고 싶었다. 가는 곳마다 내가 알고 있고 친하게 지내는 친구가 한 명 정도는 있었으면 좋겠다고 생각하곤 했으니까. 활발하게 사람들과 교류를 하는, 그런 친화력 좋은 사람이 되고 싶었다. 그래서였을까. 어릴 적의 난 사람들과의 관계에서 질보단 양을 더 선호했던 것 같다. 그게 더 괜찮은 사람 같아 보일 것 같다고 생각했었다. 많은 사람들 사이에 있으면 왠지 좋은 사람 같아 보이고, 그런 내 모습을 보면서 누군가가 나와 가까워지고 싶다는 생각을 했으면 좋겠다고 바라곤 했으니까. 그렇게 내가 많은 사람들과 잘 지내는 모습을 보이면 새로운 누군가가 나에게 호기심을 가져줄 거라, 나를 좋아해 줄 거라 착각했었다.

그런 생각 때문이었을까. 가끔은 무리하게 사람들에게 다가가려 한 적도 있었다. 진짜 내 모습이 아닌 만들어낸 모습으로. 진짜 내 마음이 아닌 만들어낸 마음으로. 하지만 그렇게 억지로 만들어낸 관계는 언제나 그리 오래가지 못했다. 아주 잠시 동안의 호기심과 친밀감만이 존재할 뿐 꾸준히 지속되지는 못했다. 소리 없이 떠나가버리는 관계 때문이었을까. 언제나 나는 사람들과의 관계에서 전전긍긍했다. 내 주변에 사람이 많지 않은 것 같아서. 나에게 친구가 별로 없는 것 같아서. 친구가 별로 없는 나를 사람들이 혹시 이상한 사람으로 보지 않을까, 괜스레 두려워하면서. 친구가 별로 없는 데엔 다 이유가 있다던데 그 이유가 혹시 나의 어떠한 모습 때문은 아닐까, 지레 겁을 먹기도 하면서. 혹시나 사람들과의 관계 속에서 도태되는 것이 아닐까 걱정하면서 사람들 사이에 껴 있으려 안간힘을 썼다. 즐겁지 않은데 즐거운 척을 하고, 재미있지 않은데 재미있는 척을 하고, 아직 그 정도로 친하지 않은데 사람들 앞에선 과하게 친한 척을 하며 사람들과의 연을 억지로 붙잡곤 했다.

그러다 어느 순간 억지로 잡고 있는 관계라는 것이, 인연이라는 것이 덧없다 느껴질 때가 있었다. 관계라는 것이, 사람 인연이라는 것이 참 웃기면서도 야속하다 느껴졌던 순간. 내가 그렇게나 애쓰면서 친해지려고, 그 사이에서 함께 있으려고 붙잡고 있던 사람들은 언제나 야속하게 떠나가고, 그렇게까지 깊은 관계가 될 거라고 생각하지 못했던 사람들이 내 옆을 조용히 지키고 있었다는 것을 알게 된 순간. 너무나도 친해지고 싶어서, 그 사람들과 어울리고 싶어서, 더 많은 사람들과 가까워지고 싶어서 무리하게 붙잡고 있던 인연들은 언제나 덧없이 사라져버리고 말았다. 덧없이 떠나간 사람들의 뒷모습을 바라보고 있던 나에게 위로의 손길을 건네주었던 건 언제나 묵묵히 내 옆을 지켜주고 있던 나의 사람들이었다. 그리 많진 않지만 나의 어떠한 모습을 보여주어도 나를 인정해주고 좋아해 주는 사람들.

그러한 감정을, 생각을, 마음을 느끼기 시작하면서부터였을까. 그렇게까지 노력하던 사람들과의 관계에서, 친목에서, 인맥이라는 것에서 일종의 포기 선언을 하기 시작했다. 그렇다고 노력을 아예 안 한다는 것은 아니지만 예전처럼 떠나가는, 잃어버린 관계에 혼자 속상해하거나 슬퍼하는 짓은 조금 덜 하게 된 것 같다. 쉽게 말하자면, 미련을 버렸다고 해야 할까. 끝내 떠나갈 사람들은 내가 아무리 노력하고 붙잡으려 해도 떠나가고, 내 옆에 남을 사람들은 언제나 흔들림 없이 내 옆을 지켜준다는 것을 알게 되어서 그런 걸 수도 있다. 그래서 이젠 나의 시선을 조금 바꾸려 한다. 내 옆을 지켜줬던, 내 옆에 남아줬던 사람들에게 더 많은 관심과 노력을 기울이자고 말이다. 대부분 온순하지만 가끔은 괴팍해지고, 보통은 무뚝뚝하고 덤덤하지만 가끔은 예민해지는 나를, 그 자체를 인정해주고 내 옆을 지켜줬던 사람이 참 고마운 존재였다는 것을, 내가 더 많이 좋아해주고 사랑해줘야 한다는 것을 새삼 깨닫게 되는 요즈음. 원래 소중한 것은 너무도 가까이에 있어서, 내 숨결 같아서 그 존재를 의식하지 못한다고 하던데 나 역시 그랬던 것 같다.

사실 나는 항상 분에 넘치는 관계를 원하기만 했지 '나'라는 사람이 어떤 관계를 원하는지는 잘 몰랐던 것 같다. 그저 주변에 사람이 많으면 된다고 단순 무식하게 생각했던 것 같기도 하다. 하지만 지금은 '나'라는 사람이 진정 원하는 관계가, 내가 편안하게 느끼는 관계가 무엇인지 조금은 알게 되었다. 많은 사람들에 둘러싸여 억지웃음을 짓는 것보다 조용한 카페에서 두세 명의 사람들과 소곤소곤 대화를 나누는 것을 더 좋아하고 편안해한다는것을. 남들에게 보일 '나'의 많은 인맥보다 진정 내가 원하는 단 몇 명만으로도 충분하다는 것을, 그것만으로도 위안이 되고 살아갈 만하다는 것을 이제야 비로소 깨닫게 되었다.

미안하다는 말을
무기처럼 사용하고 있었다.

미안하다는 말의 무게가 점점 가벼워지고 있다는 생각
이 들 때가 있다. 예전에는 곱씹고 되뇌다 어렵게 뱉어냈던 미안
하다는 말이, 어느 순간부터 타인의 생각을 헤아린 말보다 나 자
신을 보호하기 위해 던지는 말처럼 느껴지기 시작했다. 내가 미
안하다는 말을 던지게 되면 상대방은 '그래, 알겠어' 혹은 '괜찮아'
라는 말밖에 할 수 없다는 것을 알고 있으니까. 그 말을 하면 언제
그랬냐는 듯 다시 관계가 회복되곤 했으니까. 그렇게 된다는 사실
을 알아버려서일까. 미안하다는 말을 듣게 되었을 때도, 하게 되
었을 때도 몇 번이나 주저하게 된다. 이 말을 꺼내는 나는 미안하
다는 말에 진심을 담아내고 있는 걸까. 혹은 나에게 미안하다는
말을 했을 때의 그 사람은 진심이었을까 궁금해 하면서.

나는 비교적 미안하다는 말을 먼저 꺼내곤 한다. 나의 말과 행동으로 누군가가 불편함을 느끼거나 피해 받는 것을 썩 좋아하지 않기 때문에. 하지만 다시 곰곰이 나의 과거를 곱씹어 보자면, 친구 관계에서 일어나는 사소한 다툼에서는 나름 줄다리기를 하기도 했다. 내가 먼저 미안하다는 말을 하게 되면 왠지 내가 그 관계에서 지고 있다고, 우위를 차지하지 못했다고 생각하기도 했으니까. 그러나 어느 순간 그런 줄다리기가, 우위를 차지한다는 것이 덧없는 짓이라는 걸 깨닫게 되었다. 그렇게 친구 관계에서까지, 내가 믿고 있는 사람들과의 관계에서까지 우위를 차지한다고 혹은 차지하지 못했다고 내가 지는 거라고, 바보가 된 거라고 생각하는 것만큼 한심한 짓은 없을 테니까.

그래서 요즘은 되도록이면 먼저 미안하다는 말을 하려 한다. 정말 나의 잘못이 아니더라도 혹은 같이 잘못을 했더라도 관계를 잘 회복하기 위해서, 불편한 감정을 더 유지하지 않기 위해서 먼저 손을 내미는 연습을 하는 중이다. 그렇게 사람들에게, 친구들에게, 내가 알지 못하는 누군가에게 미안하다는 말을 할 때 혹은 나에게 누군가가 미안하다는 말을 할 때 든 생각이 한 가지 있다. 사람들은 가끔 미안하다는 말을 자신을 방어하기 위한 무기처럼, 방패처럼 사용하고 있다는 것이다. 그 사람들 속에는 나 역시도 포함되지만. 내가 잘못한 것을 잘 알고 있어서, 내가 잘못한 것을 잘 모르고 있어서 혹은 내가 잘못하지 않았더라도 하게 되는 미안하다는 말이 때로는 공격의 용도로, 가끔은 방어의 용도로 사용하는 것처럼 느껴졌다.

사실 미안하다는 말을 듣게 되면 더 할 말은 없다. '그래서 뭐가 미안한데', '미안할 짓은 왜 했니', '다 알고 있으면서 그렇게 한 거야'라는 말이 입 밖으로 튀어나오고 싶어 입 안을 정신없이 돌아다니지만, 끝내 삼켜버리기 일쑤이다. 왠지 내가 지금 이 말을 꺼내게 되면 이 사람과의 관계가 끊어질 것 같아서. 그리고 그렇게 말을 내뱉는 내가 너무 못나 보이는 것 같아서. 왠지 그 말을 감내해야 그릇이 넓은 어른처럼 보일 것 같아서. '그래, 알겠어', '아니야'라는 말로 나의 속마음을 감추곤 했다. 그렇게 아무 말도 하지 못하고 혼자 상처받은 마음을 치유하고 있을 때 생각했다. 나는 그러지 말아야지. 그렇게 쉽게 미안하다는 말을 하지 말아야지. 만약 하게 되더라도 진심을 꾹꾹 눌러 담아 말해야지 다짐하곤 했다.

나의 다짐이 무색하게 느껴졌던 순간이 있다. 나 역시 내가 알던, 나에게 그렇게 말했던 사람들과 별반 다르지 않게, 미안하다는 말을 무기처럼 사용한다 느껴졌던 날. 어쩔 수 없다 변명하면서도, 상대방도 분명 나와 같은 상처를 받을 거라는 걸 알고 있으면서도, 짐작하고 있으면서도 그저 지금 당장 나쁜 사람이 되고 싶지 않아서 미안하다는 말을 하게 되었던 그날, 그 순간.

몸은 전혀 바쁘지 않았지만 마음만은 바빴던 그날. 내가 벌여 놓은 일들로 정신이 없어 어떤 것부터 해야 할까 걱정 속에서 허우적거리고 있던 그때. 나의 경솔한 말로 상대방의 일에 피해를 주고 있다고 느꼈던 그때의 그날. 내가 상대방에게 보냈던 톡 안엔 '미안해ㅠㅠ'라는 말뿐이었다는 것을 알게 되었다. '미안해, 요즘 정신이 없어서'. '미안해, 내가 요즘 바빠서'. 그래, 사실 내 입장에서 보자면 어쩔 수 없는 사정이 있긴 했다. 지금 당장 내 일이 산더미처럼 쌓여있는데, 다른 사람의 일에 내 일보다 우선적으로 마음을 쓴다는 게 쉬운 일은 아니니까. 하지만 그러면서도 나는 속으로 생각했다. 내가 그렇게 싫다고, 그렇게 되지 않겠다고 다짐했던 그 말과 행동을 내가 하고 있다고. 새삼 나도 그 사람들과 별반 다르지 않은 이기적인 사람이라는 것을 깨달았다.

어떤 면에서 보면, 사람은 이기적일 수밖에 없을 것이다. 나보다 다른 사람을 더 위하는 것은 힘든 일일 테니까. 그리고 무엇보다 나에겐 내가 더 중요할 수밖에 없을 테니까. 그럼에도 아주 살짝 아니, 생각보다 많이, 그 순간의 나를 오랫동안 싫어했다. 그리고 실망했다. 조금 더 마음을 썼다면, 조금 더 관심을 가졌다면, 조금 더 생각을 했더라면 그 일을 충분히 해줄 수 있지 않았을까 싶어서.

내가 지금 이렇게 구구절절 이 글을 쓰는 이유는 무엇일까 생각해봤다. 그저 내가 그렇게까지 나쁜 사람은 아니라고 스스로를 위로하고 싶었던 것일까. 그 사람 역시 내 일을 딱 그 정도만 해주었다며 변명을 하고 싶었던 것일까. 아니면, 사람은 어쩔 수 없이 이기적일 수밖에 없다는 것을 말하고 싶었던 것일까. 요즘 들어 부쩍 나에 대해서, 너에 대해서, 사람에 대해서 잘 모르겠다는 생각만 든다. 그냥 잘.모.르.겠.다. 그냥 다 모르겠다. 확고했던 기준이 살짝 기울어진 느낌이 든다. 그래서 다른 사람의 행동에 나를 빗대어 흔들리고 있는 것일 수도. 그저 그 순간 이기적이었던 나를 반성하며 나에게 이기적이었던 너를 용서하기로 했다. 아니, 용서해보기로 했다.

PART 2

집순이는 인생을
허비하고 있는 것일까.

맥주를 마시는
어른이 되었다.

사람들은 술을 마신다. 좋은 일이 있어 기념하기 위해 마시고, 괴로운 일을 털어버리기 위해 마시고, 힘들어하는 누군가를 위로하기 위해 마신다. 그렇게 사람들은 저마다 다양한 이유로 술을 마신다. 사실 예전의 나는 술을 좋아하는 사람을 잘 이해하지 못했다. 맛있지도 않은 술을 사람들은 왜 찾아서 마시는 걸까, 의아한 마음을 가지곤 했다.

학창 시절의 나는 나름 술에 대한 로망을 가지고 있었다. 드라마 속에서, TV 프로그램 속에서, 광고 속에서 맥주를 벌컥벌컥 마시는 사람들을 보며 혼자 이렇게 생각하곤 했으니까. 저건 왠지 어른만이 느낄 수 있는 술의 맛이지 않을까, 라고 말이다. 하루의 일과를 끝내고 슬픔을 잊기 위해, 자축하는 의미로 혼자 방안에서 맥주 한 캔을 벌컥벌컥 마시는 모습. 그때의 나는 나 역시 저렇게 술을 즐기는 사람이, 그러니까, 어른이 되고 싶다는 생각을 했었다. 하지만 막상 성인이 되고 합법적으로 술을 마실 수 있는 나이가 되었을 땐 술을 밀어내기 급급했다.

성인이 된 후 처음 갖게 된 술자리가 그렇게 유쾌하지 않아서였을까. 아니면 내가 생각했던 것만큼 술의 맛이 좋지 않아서였을까. 나는 성인이 되자마자 갖게 된 술자리에선 언제나 술을 마시지 않겠노라 선언을 하며 다녔다. 그때 술을 거부했던 이유는 아마 친구들의 모습 때문이었으리라 짐작된다. 막 성인이 된 친구들은 앞다투어 내가 술을 더 많이 마셨다, 많이 마셔보니 어떤 술이 더 맛있다, 내가 술을 마시고 이런 일까지 있었다며 자신의 무용담을 늘어놓았다. 왜 술을 마시는 것을 과시하는 걸까. 어른이라면 이 정도의 술은 마셔줘야 한다는 걸까. 성인이 되었다는 자아도취에 빠져 술을 마시는 친구들을 보며 즐기기 위해 술을 마시는 것이 아니라, 과시하며 경쟁하듯 마시는 모습을 먼저 경험하게 된 것이다.

그러던 어느 날, 나의 이러한 생각을 변화시킨 계기가 하나 있었다. 어느 무덥던 여름, 이제 막 취업을 한 친구를 오랜만에 만나 밥을 먹을 때였다. 밥을 먹다 가볍게 술 한잔하자며 맥주 한 병을 시켜 조금씩 나눠 마시고 있었다. 취직한 곳은 어떤지, 요즘 어떻게 지내는지 안부를 주고받으며 이야기를 이어 나가던 중 친구가 이런 말을 했었다. 요즘 혼자서 맥주를 마시는 것이 습관처럼 되어 버렸다고. 주중에는 출근 때문에 술을 맘 편하게 마시지 못하니, 금요일이 되기만을 기다렸다가 집 가는 길에 꼭 맥주를 사서 집에 들어간다고 말이다. 혼자서 별 대단하지 않은 안주 하나를 놓고 조용히 맥주 한 캔을 마시는 게 요즘 자신의 낙이라는 말도 덧붙였다. 그 친구는 나처럼 술을 싫어하거나 거부하는 친구는 아니었기에 주중에 쌓였던 피로를 참 소박하게 푸는구나. 참 네 성격처럼 조용히 피로를 푸는구나 생각했었다. 그리고 그 말을 들으며 상상한 친구의 술 마시는 모습은 내가 학창 시절에 TV 속에서 봤던 맥주를 마시는 어른의 모습 같아 보였다.

내가 술을 즐기지 못하는 건 아무래도 맛의 영향이 가장 컸을 것이다. 솔직히 술은 맛이 없다. 탄산음료처럼 달지도 않고 주스처럼 마셔도 몸에 죄책감이 덜 하지도 않으니까. 사실 고백하자면, 나도 어른인 척하고 싶은 마음에 맥주를 산 적이 있다. 하루 종일 피곤함에 시달렸던 날, 항상 찾던 탄산음료 대신 맥주를 사서 마신 적이 있었다. 하지만 여전히 맥주는 맛이 없었다. 여전히 나에겐 썼다. 그렇게 어른인 척하려던, 어른처럼 보이려던 내 작전은 언제나 번번이 실패로 돌아가곤 했었다.

사람들은 흔히 속상한 일이 있을 때, 괴로운 일이 있을 때 술이 당긴다는 말을 한다. 나는 여태까지 술이 당긴다는 말보다 탄산음료가 당긴다, 당이 당긴다는 말을 더 많이 하고 다녔다. 그만큼 나는 속상하거나 힘이 들 때 탄산음료나 초콜릿을 찾곤 했다. 쓴 알코올의 맛이 아니라 달콤한 맛으로 그 일을 잊어버리고 싶어서. 하지만 요즘엔 정말 술이 당긴다는 말이 나도 모르게 나오곤 한다. 그런 말을 뱉은 내가 조금 신기할 정도로.

내가 처음으로 맥주가 맛있다, 라고 느꼈던 그때로 다시 돌아가 보자면, 이런저런 일 때문에 속상한 감정이 마음속에 가득 차 있을 때였다. 혼자 방 안에서 내가 저질러놓은 것들을 보고 있을 때 문득, 맥주가 마시고 싶었다. 그래서 사놓고 냉장고에 방치해두었던 가장 작은 용량의 캔 맥주와 먹다 남은 기름진 과자를 양손에 하나씩 들고 방으로 들어가 혼자 맥주를 마셨다. 아주 시원한 상태에서 물 마시듯 마셨던, 처음으로 맛있다고 느꼈던 나의 첫 맥주. 흔히들 맥주는 목 넘김이라고 하던데 그날 맥주를 마시며 나 역시 처음으로 느꼈다, 그 목 넘김을. 그리고 맥주가 정말 시원하고 맛이 있다는 사실을.

이제 진정 맥주의 맛을 알게 되었으니 나는 어른이 된 것일까, 혼자 바보 같은 생각을 해본다. 맥주의 맛을 알게 되었다고 어른이라고 말하기엔 나는 여전히 부족한 게 많고 더디다. 하지만 그럼에도 이제 맥주의 맛을 늦게라도 조금 알게 되었으니 바보처럼 눈물로 감정을 표현하지도, 두려운 마음을 표정으로 들키지도 않는, 조금은 의연하고 내색하지 않는, 그런 어른이 될 수 있을까. 하루의 피로를, 사람에게 받았던 상처를, 너에게 느꼈던 그 소외감을 맥주 한 캔으로 다 훌훌 털어버릴 수 있는, 그런 어른이 되었으면 좋겠다.

할머니에게 엄마는
여전히 어린아이였다.

할머니 집, 이라는 단어를 들으면 사람들은 어떠한 감정을 먼저 떠올릴까. 아마도 가장 먼저 떠오르는 감정은 따뜻함이지 않을까. 큰 미닫이 문으로 쏟아지는 햇살과 함께 집안 가득 감도는 포근함 기운. 나에게는 그랬다. 할머니 집, 이라는 단어를 떠올리면 가장 먼저 떠오르는 분위기가. 어린 시절 와아- 소리를 지르며 뛰어다녔던 나무 바닥과 조금 높고 가팔라서 무서워했던 계단. 그 계단을 오르면 보였던 할머니 집 지붕과 다닥다닥 붙어 있는 이웃집들의 풍경까지. 어렸을 때의 나를 떠올리게 하는, 그래서 엄마의 학창 시절도 상상하게 만드는 할머니 댁에 놀러 가게 되었다.

사실 할머니 댁에 자주 찾아가는 편은 아니었다. 아니, 자주라는 단어를 쓰기에도 부끄러울 정도로 일 년에 두세 번 정도 놀러

가곤 했었다. 그나마 어렸을 때는 또래 친척들이 많아 자주 만나서 밥도 먹고 여행도 다녔던 것 같은데, 나이가 들고 각자의 생활이 바빠지기 시작하면서부터 친척들과의 만남도 자연스럽게 줄어들기 시작했다. 사실 거리상으로는 그리 멀지 않았지만 항상 찾아가는 게 일이라는 변명을 늘어놓으며 가야겠다는 말만 해왔던 것이 사실이다. 나는 보통 엄마가 할머니네 간다고 하면 항상 따라붙는 원 플러스 원 같은 존재여서 엄마의 찾아가기 번거롭다는 핑계에 동조했던 사람 중 하나였다. 그러다 얼마 전, 할머니 생신 겸 추석 겸해서 엄마와 함께 할머니 댁을 찾게 되었다. 사실 가기 전, 나는 몇 차례 튕김을 시전했었다. *그때 약속이 있는데. 확실히 요일이 언제인데. 그다음 날 일을 가야 되는데. 해야 할 일도 많고.* 말도 안 되는 이런저런 핑계를 잔뜩 늘어놓았다가 엄마의 볼멘소리를 듣고 함께 기차에 몸을 싣게 되었다. 어차피 가게 될 거 좋게 가면 될 것을 나란 사람도, 참. 그렇게 몇 날 며칠 실랑이를 벌이다가 도착한 할머니 집은 정말 신기하게도 내가 기억하고 있던 예전 그 모습 그대로였다.

전형적인 할머니 집, 같은 느낌이라고 하면 이해가 빠르려나. 벽돌이 켜켜이 쌓여 담을 이루고 있고 그 가운데에 파란색 철 대문이 있다. 그 문을 열고 들어가면 콘크리트 바닥을 중심으로 왼쪽부터, 화장실과 세탁실 겸 목욕을 할 수 있는 공간이 따로 나뉘어 있다. 그 공간 옆으로는 창고 같은 작은 방이 하나 있고, 또 그

옆으로는 아주 작은 방과 함께 부엌이 자리 잡고 있다. 그리고 그 옆으로는 할머니의 주거공간이자 엄마가 어렸을 때부터 살아왔을 공간이 고즈넉이 자리 잡고 있다. 큰 미닫이문 두 짝을 열면 나무로 된 바닥이 보이고, 문을 열자마자 보이는 작은 방과 그 방 옆에 있는 안방, 안방의 한구석에는 창고 같은 아주 낡은 다락방도 딸려있다. 낡은 다락방 바로 옆에 있는 작은 문을 열면 자그마한 부엌도 바로 보인다. 고개를 살짝 숙여야만 들어갈 수 있는 아주 작은 부엌엔 할머니의 손때가 묻은 물건들이 가지런히 놓여 있다. 그리고 부엌 한 켠에 있는 또 다른 문을 열면 바로 마당이 보인다. 가운데 마당을 중심으로 동그랗게 만들어져 있는 신기한 공간. 아, 그리고 화장실과 목욕실이 있는 곳 위에는 장독대와 길쭉하게 자라난 풀들이 즐비해 있다. 공간들은 대체적으로 작고 낮았지만, 작고 낮기에 느낄 수 있는 공간의 포근함과 기운들이 존재하는 곳이었다.

4년 만이었다. 할머니네 놀러 온 지가. 벌써 4년이라는 시간이 지났다는 게 놀라웠다. 내가 4년이라는 시간을 먹어버렸다는 것도 놀라웠지만, 4년이나 지난 집이 예전과 비교해도 변함없다는 점이 제일 놀라웠다. 물론, 중간중간 세월의 흔적들이 남아있긴 했지만 그 만들어진 흔적들은 할머니 집이라는 타이틀을 더 매력적으로 만들어주고 있었다. 엄마는 버스에서 내리자마자 보이는 동네의 광경을 보고 기분이 이상하다고 말했다. 괜히 울컥하는 마음이 드는 눈치였다. 4년 만에 온 나 역시도 기분이 이상했는데 엄마는 더하지 않을까 생각했다. 할머니는 추석맞이 파마를 한다고 미용실에 계셨던 터라 우리가 먼저 할머니 댁에 가 있기로 했다. 모르는 사람이 보면 영락없이 도둑처럼 보이겠다 싶을 정도로 어설프게 열쇠를 찾아 문을 열고 방으로 들어갔다. 이렇게 작았었나 싶을 정도로 집안 공간들이 작게 느껴졌다. 사실 항상 시간이 지난 것들은 이렇게 느꼈던 것 같다. 어렸을 때 다녔던 초등학교의 운동장도, 예전에 살던 집 앞 놀이터도, 4년 만에 오게 된 할머니 집도 어렸을 땐 다 커 보이고 넓어 보였는데 이젠 다 작고 좁아 보인다. 어른이 되고 더 크고 넓은 곳들을 경험하게 되면서부터 이러한 공간들을 더 작게 느끼게 된 것일까. 아니, 정말 그저 단순히 내 몸이 커져서일 수도 있겠지.

파마를 하고 돌아오신 할머니와 어색한 포옹을 나눴다. 할머니는 여전히 작았고 귀여우셨지만 예전보다 입가에 주름이 조금 늘으신 듯 보였다. 안방에 앉아 두런두런 이야기를 나누다 시내에 나가 밥을 먹기로 했다. 할머니는 이런 음식 먹어본 적 없을 거야, 라며 엄마가 특별히 찾아 놓은 해산물 뷔페로. 서울에 비해 먹을 것이 없다며 나는 조금 투정을 부렸지만 할머니는 엄마를 보며 네 덕분에 이런 음식도 먹어본다며 연신 아이고 잘 먹었다, 우리 옥이 덕분에 잘 먹었다, 라고 말씀하셨다. 밥을 다 먹고 집으로 돌아와 우리는 짧은 낮잠을 잤다. 낮잠에 들기 전, 엄마와 할머니가 나누는 대화를 침대에 가만히 누워 들었다. 엄마와 할머니의 말소리 말고는 주변의 어떠한 소음도 들리지 않았다. 왠지 어색했지만 이내 적응이 되어 더 좋다고 느껴졌다. 아주 고요하고 느긋한 주변의 기운 덕분에 서울에서보다 시간을 두 배로 사용하는 기분이 들었다. 더듬더듬 시간이 지나가는 소리를 듣고 있는 것 같았다. 서울에서의 고요함은 공기가 떠 있는 것처럼 느껴졌는데, 할머니 집에서의 고요함은 공기가 가라앉아 마음을 차분하게, 그래서 따뜻하게 만들어주는 느낌을 받았다.

할머니와 내가 낮잠을 자는 동안 엄마는 이곳에서의 시간이 아까웠는지 낮잠을 자지 않고 우리가 깨기만을 기다리고 있었다. 할머니와 내가 깨자 엄마는 지금 이 시간이 아깝다며 시장 구경을 가자고 했다. 사실 할머니 댁에만 오면 항상 가는 코스이기도 했다. 시장 구경하기. 리모델링을 했는지 시장 천장에 지붕이 생겼다, 공간도 훨씬 넓어지고. 우리 모녀 3대는 시장을 누비며 반찬거리를 몇 가지 샀다. 정확히 말하면 아빠의 반찬거리 두 가지를 샀다. 반찬을 사기 위해 돌아다니는 엄마와 할머니를 보며 생각했다. 주부가 된 딸과 이제 주부를 졸업한 엄마의 대화는 이런 모습이구나. 사게 되면 사고, 라는 딸과 어떻게 해서든 사서 보내야 한다는 엄마의 모습이랄까. 지금의 엄마와 내 모습과 별반 달라 보이지 않았다. 하게 되면 하고 주의의 나와, 그러면 안 되지 라며 어떻게든 방법을 강구하는 엄마의 모습이 떠올라 조금 웃음이 나왔지만 이내 왠지 모르게 가슴이 저려왔다.

　엄마와 나는 할머니 댁을 당일치기로 다녀오기로 계획해서 시장 구경을 마치고 집으로 돌아와 바로 기차 티켓을 예약했다. 기차 시간이 될 때까지 방에서 뒹굴거리고 있는데 할머니가 김치를 담갔다며 김치냉장고에서 김치를 한가득 꺼내 놓으셨다. 엄마는 힘든데 뭘 했냐면서도 맛있다며 좋아했다. 할머니는 엄마와 내가 기차를 타고 간다는 사실을 이제야 아셨는지 통에 담아놓은 김치를 다시 비닐봉지에 나눠 담아주셨다. 둘이 무거워서 어떻게 들고 가냐며 미안해하시면서. 할머니가 김치를 만들기 위해 들였던 노동에 비하면 힘든 것도 아닐 텐데 말이다. 엄마들은 어떤 이유에서건 항상 미안해하기 바쁜 것 같다. 기차 시간까지 두 시간이나 남았는데 할머니는 밖이 점점 어두워지자 걱정하기 시작하셨다. 기차 타러 가기 전에 뭐 타고 가. 버스 타고 가면 돼. 이렇게 무거운데 무슨 버스야, 택시 타. 둘이 나눠 들면 괜찮아, 버스 타도 돼. 버스는 금방 온다니. 버스 엄청 많아, 괜찮아. 엄마와 할머니는 정확히 이 대화를 족히 열 번도 넘게 반복하셨다. 그래도 여전히 불안하셨는지 엄마가 화장실을 간 사이에 할머니는 나에게 신신당부를 하셨다. 네가 엄마 잘 모시고 집에 가, 알았지. 할머니는 아직도 미덥지 못해. 나는 헤헤- 거리며 대답했지만 그 말속에 들어있는 감정이 느껴져 마음이 묘해졌다. 할머니에게 엄마는 여전히 어린아이였구나, 어린아이겠구나 생각이 들어서, 그 마음이 느껴져서 마음이 포근해질 만큼 따뜻해졌지만 그와 동시에 눈물이 나올 정도로 슬퍼졌다. 아니다, 슬퍼졌다기보다는 그 포근함이 좋아서, 그 따뜻함이 너무나도 좋아서 눈물이 나올 것만 같았다.

할머니는 나를 보며 키가 더 컸다고 하셨다. 그리고 엄마가 없는 새에 할머니는 나에게 좋은 사람을 만나 결혼하라고 하시며 나를 빤히 보셨다. 나는 머쓱한 표정을 지으며 아마 결혼은 안 할 것 같다고 말했다가, 좋은 사람이 있다면 할 수도 있다고 정정했다. 그 말을 끝내고 약간의 정적이 흘렀는데, 할머니는 그 정적의 시간 동안 나를 빤히 쳐다보셨다. 그러다 자신의 손을 바라보셨다. 그 모습을 보며 요즘 내가 빠져 있는 영화 〈어느 가족〉 속 한 장면이 떠올랐다. 해변에 앉아 있는 한 노인이 자신의 주름진 다리를 바라보며 지었던, 그 서글픈 표정이. 나이가 들면 피하고 싶어도 갖게 되는 훈장 같은 몸의 흔적들. 그것을 갖고 있는 사람과 곧 갖게 될 사람. 그 시간의 덧없음이 느껴져 할머니 다리에 꽃피어 있는 검버섯이 더 서글프게 느껴졌다.

할머니는 기어코 배웅을 하시겠다며 버스 정류장까지 쫓아오셨다. 우리가 들고 온 가방의 무게라도 덜어주겠다며 연신 가방을 뺏으려고 하셨다. 버스 정류장을 찾지 못해 허둥지둥하다가 이내 기차역까지 가는 버스를 잡아탔다. 버스를 타려는 순간까지 할머니는 거기 가는 거 맞는지 물어봐. 물어봐 어여, 라는 말씀을 하셨다. 버스에 타 짐을 내려놓는데 할머니는 여전히 버스 정류장에 서서 우리를 바라보고 계셨다. 연신 손을 흔들면서. 버스가 떠나 우리의 모습이 보이지 않자 할머니는 그제야 걸음을 옮기기 시작하셨다. 이렇게 떠나고 나면 언제쯤 다시 할머니 댁을 찾아가게 될까. 기차를 타러 가는 버스 안에서 생각했다. 여전히 거리상으로는 멀지 않은 곳에 존재하고 있지만 바쁘다는 핑계로, 몸이 힘들다는 핑계로 또다시 몇 년을 흘려 보낼지도 모르겠다. 애틋함, 이라는 감정은 언제나 고개를 빼꼼 내밀었다가 이내 다시 들어가기를 반복하기 일쑤이니까 말이다.

우리에게는 가끔
도망칠 곳이 필요하다.

　　　　나는 서울에서 태어나고 자랐다. 그것도 한 동네에서
만 쭉-. 몇 번의 이사를 경험하긴 했지만 지금 살고 있는 동네를
크게 벗어나진 않았다. 그래서 그런지 태어나고 자란 이 동네를
가장 편안한 공간이라 생각하면서도, 가끔은 무료하고 답답한 곳
이라 생각하기도 했다. 그런 마음을 갖기 시작하면서부터일까. 아
주 가끔 나는, 서울이 아닌 아주 조용한 곳으로 떠나고 싶다는 생
각을 하곤 했다. 서울이라는 지역적 특성에서 멀리 떨어져 지낼
수 있는, 낯선 공간이 필요하다는 생각을. 낯설지만 나를 따뜻하
게 안아줄 수 있는 공간. 흔히들 말하는 전형적인 '고향' 같은 공
간. 그리고 그 공간을 통해 나를 돌아볼 수 있는 여유가 생겼으면
좋겠다는 바람을 가슴에 품기 시작했다.

고향이 있는 사람을 부러워했던 적이 있다. 아니, 사실 지금도 그 마음은 유효하다. 내가 찾아가고 싶을 때 갈 수 있는 공간이 있다는 것이 부러웠다. 나는 앞에서 말했듯이, 서울에서 태어나고 자라났기에 특별히 고향이라고 말할 수 있는 공간이 존재하지 않는다. 그래서 조금 철없는 말일 수도 있지만, 서울에서 새로운 공간을 얻어 사는 사람을 부러워한 적이 있었다. 혼자 살 수 있는 공간과 다시 돌아갈 수 있는 공간이 모두 존재하고 있으니까. 그래서 어느 날 문득, 이곳을 도망치고 싶을 때, 많은 사람들과 잠시 떨어져 지내고 싶을 때 찾아갈 수 있는 고향이, 그러한 쉼터가 있다는 사실이 몹시 부러웠다.

내가 이러한 생각을 하게 된 이유는 아마 '도망칠 수 있는 공간'이 필요했기 때문이라 짐작된다. 왜 도망치고 싶었는지 구구절절 말하자면, 아마 그 이유는 수백 가지 아니, 수천 가지가 넘을 것이다. 일일이 나열하며 신세 한탄을 하고 싶진 않지만 꼭 한 가지를 말해야 한다면, 문득 내가 패배자처럼 느껴졌기 때문에. 이 공간은, 이 서울이라는 곳은 이미 나의 패배가 가득 쌓인 곳이라서. 그 많고 많은 사람들 사이에서 사시나무 떨듯 불안에 떨며 살고 있던 나의 흔적들이 너무도 많아서. 가끔 그 패배의 흔적들과 대면하게 될 때면 숨이 차는 기분이 들어서. 그래서 그런 생각이 들 때, 그런 느낌을 받았을 때, 나의 패배의 흔적을 누군가를 통해 알게 되었을 때 이곳이 아닌 다른 곳으로 도망치고 싶었다. 내가 쓸모없는 사람처럼 느껴져서, 이렇게 영원히 패배자로 남을까 봐 불안해서 나를 모르는 곳으로 훌쩍 떠나고 싶었다.

지금 이 글을 쓰면서 내가 힘들 때, 울고 싶을 때, 그냥 혼자서 조용히 시간을 보내고 싶을 때 찾아갈 수 있는 공간이, 찾아갔던 공간이 어디였을까 생각해보지만 딱히 떠오르는 곳이 없다. 그나마도 내가 가장 편하게 생각하는 곳은 우리 집 정도이지 않을까 싶다. 하지만 우리 집을 현실에서 도피할 수 있는 공간이라고 말하기엔 조금 웃긴 구석이 있다. 또 한 곳을 떠올려 보자면, 집 앞 카페 정도. 그곳도 도망칠 수 있는 공간이라 칭하기엔 참 모호하지만 굳이 생각해보자면 지금으로선 그곳인 것 같다. 그나마 내가 조용히 멍하니 시간을 보내고 싶을 때 자주 찾았던 공간이니까. 프랜차이즈 카페여서 항상 사람들이 몹시 붐비지만, 아이러니하게도 그런 점 때문에 그곳을 더 많이 찾고 좋아했던 것 같기도 하다. 그 누구도 나에게 말을 걸거나 마음을 혼란스럽게 만들지 않으니까. 대부분 나에게 무관심하니까. 그래서 가끔, 아니 사실은 자주 마음이 시끄러울 때마다 그곳으로, 사람들 속으로 대피하곤 했던 것 같다.

인터넷에서 한달살이를 검색하면 외지에서 한달살이를 하는 사람들의 후기를 찾아볼 수 있다. 사실 나 역시도 계획하고 있다. 물론, 구체적인 계획까지는 아직 세워놓진 않았지만 정말 가능하다면 오롯이 혼자서 한 달이라는 시간을 보내 보고 싶다. 그리고 조금 지난 영화이긴 하지만, 영화 〈리틀 포레스트〉 속 주인공 역시 도시를 떠나 무작정 고향으로 떠난다. 어릴 적 추억이 담겨 있는 그곳에서 주인공은 자신을 되돌아보고 자신의 상처를 보듬으며 다시 앞을 바라볼 에너지를 채워나간다. 그리고 얼마 전 서점에 다녀온 적이 있다. 가만히 어떤 책들이 나왔나 책을 뒤적거리고 있었는데 눈에 띄었던 점들이 있었다. 바로, 책의 제목에 하나같이 '괜찮다'라는 말이 붙어있다는 점이었다. 혼자서도 괜찮다, 상처받아도 괜찮다, 느려도 괜찮다. 그 책들을 보며 생각했다. 우리는 모두 괜찮다, 라는 말이 필요한 것이 아닐까 하고. 한 달이라는 시간을 낯선 공간에서 보내고 싶어 하는 것도, 다시 고향으로 찾아가 자급자족하는 영화를 찾아본 것도, 책 제목마다 괜찮다 라는 단어가 즐비했던 것도 우리는 괜찮지 않기 때문에, 괜찮아지고 싶어서, 괜찮아지기 위한 생각에서 비롯된 것 아닐까.

한달살이를 다녀온 사람의 후기를 보면서, 고향으로 훌쩍 떠난 주인공의 모습을 보면서, 서점의 책 제목을 보면서 알게 되었다. 다른 사람들도 나처럼 지금 이곳에서 아주 잠시 동안이라도 도망치고 싶어 한다는 사실을. 도망쳐서 다시 나를 되찾고 싶어 한다는 사실을 말이다. 가끔 내가 없어지고 있다고 느껴질 때가 있다. 많은 사람들에 둘러싸여 나, 라는 사람을 어필해야 할 때. 끝없이 나의 존재감을 부각시키며 헤쳐나가야 할 때. 혹은 그에 실패했을 때. 내 몸 곳곳에 패배감이 묻어있다 느껴질 때. 그래서 쓸모없는 존재가 된 것 같다는 생각이 들 때. 그래서 못난 나와 남을 비교하게 되는 순간들이 점점 늘어나고 있다는 사실을 알게 되었을 때. 그럴 때, 그럴 때마다 나는 생각했다. 이곳에서 도망치고 싶다고. 동굴 같은 곳에 내 몸을 숨기고 아주 깊은 겨울잠을 자고 일어났으면 좋겠다고 말이다.

'도망'이라는 단어 속엔 긍정적인 느낌보단 부정적인 느낌이 더 많이 묻어난다. 그래서 사람들은 '도망'이라는 단어를 쉽게 쓰지 못하고 두려워한다. '도망' 뒤에 따라붙은 꼬리표들은 언제나 나를 나약한 사람이라 낙인찍는 것 같은 기분이 드니까. 하지만 우리는 가끔 도망칠 필요가 있다. 현실도피라 말하더라도 가끔은 그러한 도피 또한 필요하다고 생각한다. 그것이, 그 도망침이 내가 지금 살고 있는 이 삶을, 이 시간을 각성시켜줄 수 있는 중요한 계기가 될 수도 있으니까. 내가 지금 정말 살아 있구나 느낄 수 있게 만들어줄 수도 있으니까. 사람들은 흔히 이런 말을 한다. '지금 나는 살아가고 있는가 아니면 그저 살아지고 있는가.' 아주 짧고, 아주 약간의 단어의 변형으로 만들어진 이 문장은 나에게 굉장히 무겁고 무섭게 다가오곤 한다. 나는 지금 내 선택과 생각에 따라 '살아가고' 있는 걸까. 아니면 그저 시간이 흐르기에, 살아야 하기에 '살아지고' 있는 걸까. 스스로 자주 묻곤 한다. 그리고 나는 그럴 때마다 마음속 생각을 명확하게 알기 위해 도망을 쳤다. 엄청

난 도망까진 아니더라도, 누군가가 보면 그게 도망이냐고 코웃음 치더라도 내 나름 용기를 내어 도망을 쳤다. 그리고 그 도망을 통해서 스스로에게 물었던 질문의 답을, 아주 작은 조각들을 하나씩 찾을 수 있었다. 솔직히 말하자면, 나는 여전히 내가 던진 물음에 완벽한 답을 찾진 못했다. 그러나 도망을 통해서 답의 조각들을 찾을 수 있었고, 지금도 그 답의 남은 조각들을 찾기 위해 노력하는 중이다.

그래, 안다. 내가 요즘 고향을 키워드로 만들어진 영화와 드라마를 너무 많이 봤다는 사실을. 그래서 도망이라는 것을 너무 낭만적인 시각으로 바라보고 있다는 사실도 말이다. 그러나, 그럼에도, 그렇기에 역설적이게도 나는 도망칠 필요성을 더 절실하고 확고하게 느끼고 있다. 도망을 통해 얻게 되었던 것들이 너무나도 많았기에. 그 도망 덕분에 나를 조금 더 아낄 수 있었기에, 이젠 작정하고 도망쳐 볼 생각이다. 그래서 요즘엔 어떻게 하면 가장 효과적으로 도망칠 수 있을까를 연구하는 중이다. 그 연구를 위해선 일단 내가 마음 편하게 도망칠 수 있는 공간을 찾는 것이 급선무일 것이다. 집에서 그리 멀지 않고, 아는 사람이 적으며, 내 마음과 머리를 편안하게 쉴 수 있는 공간을. 그대는 가지고 있는가. 그러한 공간을. 만약 가지고 있다면 그대는 이미 나를 뛰어넘은 프로 도망러이다. 프로 도망러인 그대는 지금처럼, 그리고 앞으로도 쭉— 계속해서 그 공간으로 도망치면 된다. 그리고 나처럼 아직

도망칠 곳을 찾지 못한 그대는 나와 함께 그 공간을 찾아보자. 가장 효과적으로 도망칠 수 있는 곳을. 그곳에서 아주 자세히 나를 들여다볼 수 있도록.

아빠처럼
운전을 하고 싶었다.

어릴 적의 난, 운전을 하는 아빠를 부러워하곤 했다. 자동차 뒷좌석에 앉아 운전을 하고 있는 아빠의 뒷모습을 바라보며 이렇게 생각하곤 했으니까. 나도 빨리 커서 저렇게 운전을 할 수 있었으면 좋겠다고. 그 당시 나에게는 운전에 대한 로망 같은 것이 존재했던 것 같다. 운전을 할 수 있으면 왠지 원하는 곳을 마음대로 갈 수 있을 것 같다는, 운전을 하고 있는 내 모습을 누군가가 발견한다면 나를 어른이라 생각할 것 같다는, 그러한 로망 말이다. 그렇게 나는 아빠처럼 운전을 할 수 있는 나이가 되면 당연하게도 꿈꾸는 길을 순탄하게 갈 수 있을 거라 생각했다. 그러나 성인이 되어버린 나는 어릴 적 내가 품었던 그 낭만을, 그 기대감을 조금 뒤로 미루고 싶어진다. 미룰 수 있을 때까지 최대한으로 미루고 싶다는 생각을 한다. 한때는 낭만적으로 바라보았던 어른, 이라는 이름처럼.

입시를 모두 끝내 놓고 합격자 발표만을 기다리고 있던 어느 날, 나는 친구들과 함께 작은 목록 하나를 만들었었다. 그 당시에 쓰고 있던 다이어리의 맨 뒷장에 '성인이 되면 하고 싶은 일'이라는 제목으로 각자 로망처럼 갖고 있는 생각들을 풀어놓기로 한 것이다. 백지였던 종이 위에 친구들은 하나둘 자신의 로망과 다짐을 적어 내려가기 시작했다. 여행 가기, 남자친구 사귀기, 술 마시기, 클럽 가기 등 곧 성인이 될 우리를 상상하며 빈공간을 빼곡히 채워나갔다. 큰 고민 없이 적던 친구들과는 달리, 나는 어떠한 것을 써야 할까 꽤나 고심했던 것으로 기억한다. 어른이 된, 미래의 내 모습을 상상하던 나는 문득, 능숙하게 운전을 하는 아빠의 뒷모습을 떠올렸다. 그렇게 친구들이 풀어놓은 많은 로망들 사이에 나는 운전면허 따기, 라는 단어를 꾹꾹 눌러 담아냈다.

열아홉 살의 내가 바랐던 것처럼 나는 성인이 되자마자 바로 운전면허 학원을 등록하게 되었다. 안타깝게도 내가 바랐던 이유와는 전혀 다른 이유로. 나는 대학 생활이 전혀 즐겁지 않았다. 학교 가는 것을 고역이라 느낄 정도로 매번 힘에 부쳤었다. 그래서일까. 나름 건강하다 자부했던 내 몸은 대학을 다니는 내내 이상하리만치 자주 아팠다. 알 수 없는 이유로 머리가 자주 아팠고, 먹는 족족 토할 정도로 속이 부대꼈다. 그렇게 나는 대학을 다니는 내내 온갖 약을 달고 살다, 한 학기가 끝나자마자 기다렸다는 듯이 바로 휴학계를 냈다. 앞으로의 계획 따위는 전혀 생각하지 않고 무작정 냈던 휴학계였기에, 나는 이제 뭘 해야 할까 자주 고민에 빠지곤 했다. 그러다 우연히 열아홉 살에 썼던 다이어리를 발견하게 되었고, 남아도는 시간을 조금이라도 생산적으로 보내기 위해 운전면허 학원을 다니기 시작했다.

사실 운전은 내가 생각했던 것만큼 재미있지 않았다. 하지만 그저 새로운 무언가를 배울 수 있다는 그 자체가 좋았다. 또 다른 억압의 시작이라 느꼈던 대학이라는 굴레에서 벗어나, 진정 성인이라는 이름으로 할 수 있는 일이 생겨 조금 신이 났던 것 같기도 하다. 처음 운전대를 잡았을 때가 생각난다. 큰 공터 위에 나름 그럴듯하게 만들어놓은 여러 코스들을 구경하며 나는 운전이라는 것을 처음 경험하게 되었다. 진짜 도로가 아니었음에도 불구하고 나는 운전을 배우는 내내 꽤나 흥분해 있었다. 어떤 느낌일까 상상만 해오던 일을 직접 하고 있다는 것에 흥분되었고, 내가 정말 운전석에 앉아 운전대를 잡고 있다는 것이 신기했으며, 이 단계를 터득하고 나면 진짜 도로 위에서 다른 어른들처럼 운전을 할 수 있을 거란 기대감에 몹시도 들떠 있었다.

여러 번의 교육과 연습을 거쳐 드디어 장내 기능 시험을 보는 날이 되었다. 다소 긴장된 상태로 내 순서를 기다리고 있던 나는, 시험을 보기 위해 이제 막 시험장에 들어선 한 중년 여성을 보게 되었다. 그는 떨리는 마음을 다잡으려 노력하는 듯했지만, 그의 표정엔 긴장감과 설렘, 떨어지면 어떡하지, 라는 두려움까지 다 읽어낼 수 있을 정도로 얼굴 가득 긴장감이 피어올라 있었다. 운전석에 앉아 입을 꾹 다문 채 출발 신호만을 기다리고 있던 그는 허무하게도 시작과 동시에 바로 불합격 통보를 받게 되었다. 왜 불합격이 되었는지 그 이유까지는 잘 기억나진 않지만, 아직까지도 또렷하게 기억하고 있는 것이 있다. 한동안 고개를 푹 숙인 채 우두커니 앉아있었다는 것. 꽤나 오랜 시간 동안 차 밖으로 나오지 못했다는 것. 그렇게 아쉬움에, 속상함에 한참을 앉아있던 그는 쫓겨나듯 그곳을 떠나게 되었고, 그가 떠난 바로 그 자리에서 나는 만점으로 장내 기능 시험을 통과하게 되었다. 만점을 받아 한껏 우쭐해진 나는 불합격한 그 중년 여성을 떠올리며 생각했었다. 진짜 어른도 못 한 걸 내가 해내다니. 뭐, 어른 되는 거 생각보다 별거 아니네.

장내 기능 시험을 합격하고 얼마 지나지 않아 나는 바로 도로 주행을 나가게 되었다. 그날 나는 도로로 나간다는 설렘과 기대에 잔뜩 상기되어 있었다. 연신 신이 난 얼굴로 자세를 고쳐 앉고 안전벨트를 단단히 매며, 얼마 뒤 멋들어지게 운전을 하고 있을 내 모습을 상상하곤 했다. 하지만 안타깝게도 그 상상은 현실로 이어지진 못했다. 도로에 들어서자마자 당장 차를 버리고 도망치고 싶었으니까. 너무 만만하게 생각해서일까. 아니면 만점을 받았다고 너무 우쭐한 탓일까. 도로에서 운전을 하는 것은 생각했던 것보다 너무 어려웠다. 아니, 너무 무서웠다. 사실 뒷좌석에 타고 있을 때는 전혀 알지 못했다. 내가 타고 있는 차가 이렇게 빨리 달리고 있었다는 것을. 도로를 달리는 차들이 그 누구보다 빠르고 힘 있게 앞으로 나아가고 싶어 한다는 것을. 그리고 이 모든 것들도 끝내 운전석에 앉아야지만, 어른이 되어야지만 비로소 알 수 있다는 그 사실까지도.

혹독한 첫 도로주행을 맛본 후 얼마 뒤, 나는 아슬아슬한 점수로 간신히 운전면허를 딸 수 있게 되었다. 면허증을 갖게 되었다는 뿌듯함도 잠시, 나는 그날 이후로 단 한 번도 운전석에 앉지 않았다. 아니, 앉을 수 없었다. 여전히 그곳은 무섭고, 두려운 곳이라서. 여전히 수많은 차들 사이에서 운전을 할 용기가 나지 않아서. 여전히 나에 대해 확신을 얻지 못해서. 그렇게 나는 생애 첫 면허증과 함께 운전 공포증도 얻게 되었다. 첫 도전치고는 꽤나 지독한 후유증을 얻게 되었지만, 그럼에도 도로주행을 통해 알게 된 것이 있었다. 급하게 어른이 되지 않아도 된다는 것. 어설프게 어른인 척 연기할 필요도 없다는 것. 불안함을 애써 우쭐함으로 포장해 어른의 모습을 만들어낼 필요 역시 없다는 것. 그래, 어쩌면 우리는 애써 어른이 되지 않아도 된다. 어차피 우리는 어쩔 수 없이 어른이 될 테니까. 앞으로 펼쳐질 우리의 어른이라는 삶은 도로 위의 길처럼 아주 길고도 멀 테니까. 그러니 그 누구보다 빠르게 어른이 되어야 한다는 초조함을 갖지 않아도 된다. 잘 알지 못하는 누군가를 따라잡기 위해 필요 이상으로 애쓰지 않아도 된다. 다만 나를 위해, 내가 진정 원하는 길을 위해, 가고자 하는 방향을 찾기 위해서는 노력해야 하지 않을까 싶다. 빠른 속도보다는 그 누구도 가지 못한, 그 누구도 갈 수 없는 나만의 길을 찾는 것이 무엇보다 중요한, 평생의 숙제일 테니 말이다.

어릴 적의 나는 어른을 무서워했다. 나에게 공포를 주는 대상이라기보다는, 나에게 불편함을 안겨주는 사람이라서. 왜 그렇게 어른을 어려워하고 더 나아가 무서워했는지 알 순 없지만 그냥 '어른'이라고 느껴지는 사람을 두려워했다. 그래서 혹여나 나에게 말을 걸까 봐, 나에게 무언가를 질문할까 봐 언제나 전전긍긍하며 눈치 보기 바빴다. 어른이 되어버린 나는 여전히 어릴 적의 나와 별반 다르지 않게 어른을 무서워한다. 분명 나도 어른이고 누군가에게는 나 역시 무서운 어른일 수도 있을 텐데 말이다.

살아가면서 어른을 만나게 되는 경우는 무척 많다. 내가 어른이 되었으니 낭연하게노 내 주변은 어른들로 가득 차 있다. 내 주변에 어른이 그렇게나 많이 존재하고 있고 나 역시도 꽤나 오랜 시간 동안 어른이라는 이름으로 살아왔는데, 왜 나는 아직도 어른을 무서워하는 걸까. 물론, 나보다 어른이기에 어려워서 다가가지 못하는 것일 수도 있다. 하지만 그렇다고 단정 짓기엔 나의 '어른 공포증'은 꽤 심한 편이다.

나의 학창 시절, 그러니까 유치원 때부터 고등학교를 다닐 때까지 아니, 더 나아가 성인이 되어서도 나는 특히나 '선생님'이라는 직업을 가지고 있는 어른을 더 멀게, 더 어렵게 느끼곤 했다. 고백하자면, 나는 지금까지 살아오면서 '선생님'이라고 불렀던 사람과, 어른과 친하게 지내본 적이 없다. 그러니까 소위 살가운 학생은 아니었던 셈이다. 스승의 날이면 항상 찾아가는 선생님도, 개인적으로 가끔 연락을 드리는 선생님도 없다. 그래서 나는 항상 선생님과 스스럼없이 대화를 나누고 친하게 지내는 친구를 부러워했다. 나는 항상 한 발짝 아니, 한 다섯 발짝 뒤에 서서 선생님을 바라보곤 했으니까.

왜 그런 걸까. 왜 나는 나보다 나이가 많은 사람에게, 어른에게 쉽게 다가서지 못하는 걸까. 물론, 어른을 대할 때는 조심스러울 수밖에 없다. 하지만 왜 아직까지 그것을 깨지 못하고 있는 걸까. 왜 항상 조심하고 불편해하기만 하는 걸까. 사실 생각해보면 '선생님'이라는 직책이 없었던, 그저 어른 대 어른으로 만났던 관계에선 비교적 마음을 편하게 가졌던 적도 더러 있었던 것 같다. 나를 가르치는 사람이 아니라 그저 사회 속에서 맺게 되는 관계속에선 그나마 덜 위축되고, 덜 두려워했으며, 아주 가끔은 적극적으로 관계를 맺으려 노력한 적도 있었다.

다시 나의 '어른 공포증'을 풀어서 이야기해보자면, '선생님 공포증'이라고 할 수도 있겠다. 나에게 새로운 지식을 알려주고, 더 나아가 삶의 지혜까지 베풀어주시는 선생님이라는 존재는 언제나 어렵고 무서워서 날 위축되게 만들었다. 참 아이러니하게도 그 '나보다 많이 앎' 때문에 나는 그 사람에게서 더 멀리 도망쳤던 것 같기도 하다. 내가 무척이나 좋아하고 존경했던 사람에게서조차 도망치기 급급했으니까.

분명 그 사람을, 그 선생님을 참 좋은 사람, 친해지고 싶은 사람이라고 생각했으면서도 멀리서 바라만 볼 뿐 다가가지 못했다. 심지어 다른 사람보다 나를 눈에 띄게 아껴준다는 느낌을 받았음에도 선생님 앞에만 서면 언제나 경직되곤 했었다, 바보처럼. 사실 나도 같은데. 그 선생님이 나를 아껴주시는 만큼 나 역시 선생님과 많은 이야기를 나누고 싶고, 고민을 털어놓고 싶고, 그렇게 더 친해지고 싶은 마음이 굴뚝 같은데 언제나 먼발치에서 조용히 바라보기만 했다. 왜 그런 걸까. 왜 나는 행동으로 나의 마음을 표현하지 못하는 것일까. 많은 생각을 통해 내가 내린 결론은 하나이다. 나를 평가할까 봐. 조금 더 자세히 말해보자면, 나의 부족한 부분을, 나쁜 부분을 캐치해서 나를 판단할까 봐. 그래서 결국 나를 싫어하게 될까 봐. 그렇게 안 좋은 판단을 내릴까 봐 쉽사리 다가가지 못하고 있었던 것이다. 나보다 나이가 많아서. 나보다 어른이니까. 그만큼 삶을 더 많이 살아서. 그만큼 겪은 사람이 많을 테니까. 그 수많은 데이터 중 한 가지를 나에게 대입해서 나를 평가할 것 같다는 두려움을 가지고 있었다.

사람은 사람을 평가할 수밖에 없다. 사람을 평가하지 않고 살아갈 수는 없을 테니까. 당연하게도 나 역시 누군가를 나의 개인적인 잣대로 평가하며 살고 있다. 그렇기에 그건 아주 자연스러운 현상이라는 걸 잘 알고 있다. 그만큼 상대방도 당연하게 나를 평가하고 판단하고 있을 것 같아서, 나는 아예 나의 존재를 지우고 나의 행동을 억제하며 살아왔던 것 같다. 그들 앞에서 어떠한 흠도, 어떠한 결함도 보여주고 싶지 않아서. 그래서 나를 아예 평가하지 못하게, 그저 제로에 가깝게 만들어 놓으려고 했다. 마이너스가 될 바엔 그냥 제로인 채로 그들 옆에 조용히 존재하고 싶었던 것이다.

그런데 과연 이러한 행동 억제가, 평가되지 않음이, 그저 제로인 채로 살아가는 것이 좋은 것일까 반문하게 된다. 무턱대고 나를 지우는 행위가 좋은 것일까. 사람이 사람을 평가한다는 것은 지극히 개인적일 수밖에 없다. 먼 곳에서 찾을 필요 없이 나로 예를 들자면, 나는 내가 만들어 놓은 나만의 평가 기준이 있다. 말투일 수도 있고, 행동일 수도 있고, 사용하는 단어 선택일 수도 있다. 지극히 개인적인 이유이다. 내가 좋아하지 않는 행동, 말투, 단어, 눈빛으로 나 역시도 사람을 평가한다. 그렇게 미묘한 평가의 기준을 가진 채 사람과 관계를 맺으며 살아가고 있다. 혹은 전혀 반대의 평가를 하며 살아가기도 한다. 나와 잘 맞을 것 같다는 명분을 만들면서. 그 명분은, 그 평가는 보통 아주 단순하게 이루어진다. 그 사람이 나에게 친절하게 대해줘서. 누군가에게 별로라는 평가를 받더라도 나에게만큼은 친절했다, 상냥했다, 잘해줬다는 아주 단순한 이유만으로도 아주 긍정적인 평가를 내릴 수 있으니까. 그만큼 기준을 알 수 없는 대상에게 받는 평가는 생각보다 그리 힘이 있는 것이 아닐 수도 있다.

나는 상대방의 기준에 내가 맞지 않을까 봐 지레 겁을 먹고 있었다는 사실을 깨달았다. 나의 '어른 공포증'은, 그러니까 나의 '선생님 공포증'은, 사실 '나를 평가하는 공포증'이었던 것이다. 내가 아직 나에게 자신이 없기 때문에 오는 공포증일 수도 있고, 다른 한편으론 평가를 당하고 싶지 않다는 마음에서 오는 공포증일 수도 있다. 또 살아오면서 수많은 평가를 받아왔기 때문에 생겨난 공포증일 수도, 내가 그만큼 사람을 많이 평가하기 때문에 시작된 공포증일 수도 있다. 어떠한 것이 먼저인지는 잘 모르겠으나 한 가지 분명한 것은 아직도 그 공포증이 유효한 상태라는 것이다. 어디서부터 시작되었는지, 그 원인이 무엇인지까지 알게 되었음

에도 여전히 공포증이 유효한 상태이니 아마도 완전히 벗어나기
까지 시간이 꽤나 걸리지 않을까 싶다.

노잼 시기를 극복하기 위한
몇 가지 노력들

　요즘 들어 상태가 조금 심상치 않다는 생각이 들었다. 뭔가에 집중도 잘 안 되고, 한없이 졸리면서, 아무것도 하고 싶지 않다는 생각이 늘어나고 있었다. 뭐, 사실 자주 그런 편이긴 했다. 매일매일 찾아오는 하루를 의욕이 가득 찬 상태에서 맞이하는, 그런 에너지 가득한 사람은 아니었으니까. 대부분 심드렁하고, 자주 멍 때렸으며, 아주 가끔 활기찬 사람이니까. 그런 사람이라는 걸 스스로가 충분히 인지하고 있었음에도 불구하고 요즘의 나는 조금 심각하리만치 모든 의욕을 상실한 느낌이 들었다.

　계절 탓도 있으리라 짐작된다. 더웠던 날씨가 하루가 다르게 제법 추워지고 있어서, 갑작스러운 날씨 변화에 정신을 못 차리고 있는 걸 수도 있다. 그래서일까. 평소에도 수도 없이 때리던 멍을 요즘 들어 더욱 줄기차게 때리게 되고, 몸에 힘이 들어가지 않아

비실거리고 있다. 이러한 몸 상태에서부터 시작된 것일까. 어느 순간부터 이런 생각까지 들었다. 아, 요즘 뭔가 재미가 없는데. 그래, 요즘 그냥 이유 없이 모든 것이 재미가 없다. 보려고 다운받아 놓은 드라마에 손도 가지 않고, 평소엔 재미있게 보던 예능도 심드렁한 표정으로 보고 있고, 그리고 무엇보다 내 상태가 심각하구나 느껴지게 만들었던 증상 한 가지. 영화 보는 것에 흥미를 잃었다는 것. 말도 안 된다. 이건 정말 심각한 증상이 아닐 수 없다. 올 초부터 개봉한 영화들은 웬만하면 빼놓지 않고 챙겨봤던 나인데. 만약 개봉한 영화를 챙겨보지 못한 날이면 꽤 오래 전부터 좋아하던 영화를 보고 또 보며 행복해했던 나인데. 그런 내가 요즘엔 조금 아니, 아주 많이 흥미를 잃어버린 것 같다. 그렇다, 이러한 나의 증상들로 보아하니 나는 지금 인생의 어느 순간마다 마주하게 되는 그 '노잼 시기'를 맞닥뜨리게 된 것이다.

　누가 지었을까. 인생 노잼 시기라는 말. 뭔가 굉장히 단순하면서도 성의가 없어 보이는데, 또 성의 없어 보이는 그 단어의 태도가 딱 지금 내 심리와 닮아있다. 처음엔 일하는 곳에 질린 줄 알았다. 아, 물론 조금 재미가 없어지려는 참이긴 했으나 이 정도까진 아니었는데, 어느 날은 그 장소에서 시간을 보내는 게 굉장히 힘이 들 정도였다. 그래서 생각했었다. 아, 벌써 질려버린 건가. 아직 더 버텨야 하는데 큰일 났네. 생각보다 내가 무언가에 쉽게 질리는 타입이었나. 그래서 일을 할 때마다 속으로 계속 되뇌곤 했다. 즐겁게 아니, 그저 부정적인 생각만은 하지 말자고. 그런데 알고 보니 일하는 곳에 질려서만은 아니었다. 그냥 지금 내 삶에 질려있는 느낌이랄까. 쉬는 날에 집에서 뒹굴거리거나, 친구를 만나거나, 영화를 보거나, 무언가를 쓰거나 해도 즐겁지 않았다. 그러니까 감정이 요동치지 않고 계속 멍한 상태를 유지하고 있다고 해야 하나. 아니다, 가끔은 우울 단계까지 내려가는 느낌이 들기까지 했다. 그래서 생각했다. 무언가 방법을 강구해야 하지 않을까. 그래서 이 노잼 시기를 잘 버텨내는, 잘 극복하기 위한 몇 가지 방법을 찾아보기로 했다.

우선, 자주 씻기. 뭔가 말해 놓고 보니, 내가 잘 안 씻는 사람처럼 느껴질 수 있으나 오해이다. 나는 집에 들어가자마자 침대 속으로 들어가지 않고 바로 옷을 갈아입고 깨끗이 씻은 후 침대에 들어가는, 나름 깔끔한 사람이다. 아니, 또 그렇게까지 깔끔하다 말할 순 없으니 그냥 남들처럼 평범한 수준으로 청결을 유지하는 사람이라고 하는 것이 정확하겠다. 그러나 이런 노잼 시기가 찾아오면 나는 의식적으로 더 자주 씻는다. 그러니까 평소보다 목욕을 오랫동안 공들여서 한다. 따뜻한 물을 틀어놓고 한없이 물을 맞으며 시간을 보내고 있으면 물의 따뜻한 온도 때문인지 왠지 모르게 마음이 진정되면서 편안해지는 느낌이 들곤 하니까. 그래서 의식적으로라도 더 자주 목욕을 하며 노잼의 기운을 흐르는 물속에 내보내려 한다. 그리고 많이 잔다. 정말 상상 이상으로 많이 잠을 잔다. 쌀쌀해진 날씨 탓에 침대 밖으로 나가는 게 영 힘든 일이 아닐 수 없으니, 그 힘든 일을 하지 않고 자주 누워서 잔다. 장판을 틀어놓고 강아지를 품에 꼭 껴안은 채 한없이 잠을 자면 머리가 조금 멍하면서도 가벼워지는 느낌이 들곤 해서 잡생각을 버리기 정말 딱이다. 그래서 이 방법을, 잠을 아주 많이 자는 방법을 요즘 자주 애용하고 있다.

그리고 무언가 많이 먹는다. 원래도 먹는 걸 워낙 좋아하는 터라 많이 자주 먹긴 했으나 요즘 들어 더욱 많이 자주 먹고 있다. 물론, 먹고 나면 또 자책의 시간이 찾아오겠지만, 요즘엔 그 자책하는 마음도 흐릿해져 가고 있으니 에라 모르겠다는 심정으로 먹고 있다. 안 그래도 얼마 전에 몸무게를 쟀는데, 고장이 났다 싶어 몇 번을 체중계에 올라갔다 내려가기를 반복했었다. 뭐, 인생의 의미도 찾지 못하고 있는데 먹는 것까지 줄여야 하나 싶어 그날도 어김없이 치킨을 뜯었던 것으로 기억한다. 이제 옷도 슬슬 두꺼워지고 몸을 가릴 수 있는 최적의 시기가 되고 있으니 죄책감과 후회, 자기 검열 같은 건 잠시 넣어두기로 했다. 그래서 정말 마음껏 먹고, 마시고, 씹고 있는 중이다. 하지만 이마저도 가끔 심드렁할 때가 있긴 하다. 분명 먹고 싶어서 주문한 음식인데 막상 몇 젓가락 먹으면 내가 왜 이걸 이렇게 열심히 먹고 있지, 란 생각이 들기도 했으니까.

그리고 약속을 많이 잡는다. 사실 이게 제일 힘든 건데 인맥이 좁아서이기도 하지만, 우선 노잼 시기엔 아무 의욕이 없어서 밖으로 나가고 싶지 않아서이다. 오늘만 해도 보고 싶은 영화가 있어서 두 편 연달아 봐야지 생각했는데, 아침에 일어나 보니 아무런 의욕이 생기지 않아 그냥 집에서 강아지를 안고 한없이 잠만 잤다. 그래서 이 시기엔 약속을 잡는 것이 가장 큰 미션 중 하나이다. 다행히 시간이 되는 친구들이 몇 있어 약속을 쭉 잡아놨다. 하루는 맛있는 음식을 먹기로 했고, 하루는 공원 산책을 하며 운동을 해보기로 했고, 또 하루는 한없이 수다를 떨어볼 작정이다. 물론, 집에서 멀지 않은 거리감이 약속의 가장 중요한 조건이긴 했지만. 어쨌든 친구들과 만나 이야기를 나누다 보면 스트레스가 풀리기도 하니까 이 노잼의 기운이 친구들을 만나면서 괜찮아질 수도 있지 않을까, 나름 기대를 품은 채 약속한 날을 손꼽아 기다리고 있다.

행동뿐만 아니라 감정적인 면에서도 나름 노력하고 있는 것이 몇 가지 있는데, 완전 극과 극으로 감정을 사용하는 것이라 말할 수 있을 것 같다. 하나는 의식적으로 엄청 신이 난 것처럼 웃고 다니는 것과 또 다른 하나는 아예 우울한 감정을 펑펑 쏟아낼 수 있을 정도로 울어버리는 것. 우선, 첫 번째 방법은 요즘 내가 밖에서 혹은 집 안에서도 가끔 하는 행동이다. 쟤가 무슨 좋은 일이 있나 싶을 정도로 웃으며 장난치는 행동을 자주 한다. 혼자 있을 땐 세상 무기력해져서 뚱한 표정을 짓고 있다가도 사람들이 보이면 의식적으로라도 웃으려고 노력한다. 괜히 내 감정이 다른 사람에게 전해지는 것이 싫기도 하거니와 그렇게 뚱한 얼굴로 계속 있으면 누군가를 만나는 내내 내 감정도 그리 좋지 않기 때문에. 그래서 조금은 의식적으로, 가끔은 가식적으로 웃음을 지어 보이곤 했다. 그런데 신기하게도 그렇게 행동을 하면 스스로도 감정에 속게 되는지 나름 노잼의 기운이 조금 달아난 것 같은 착각이 들기도 했다.

　　그리고 또 다른 방법 한 가지, 우는 것. 사실 이건 내가 좀 자주 하는 짓 중 하나인데 가슴이 답답하거나, 머리가 멍하거나, 아무 생각이 없거나, 아무 생각도 하고 싶지 않을 때 울면 마음이 조금 가벼워진다. 가끔은 온갖 노력을 해도 감정이 온통 멍해서 맘대로 울 수 없을 때도 있지만, 다행히 요즘엔 울고 싶을 때 눈물이 잘 나와주고 있다. 그렇게 한없이 울고 싶을 때 찾아가는 곳이 하나 있는데 바로, 영화관이다. 울고 싶을 때 영화관만큼 최적의 장소가 또 없다. 일단 어둡고, 어정쩡한 시간에 보면 사람도 별로 없으며, 영화를 보며 울면 영화에 감명을 받아 우는구나 생각하기 때문에 조금 덜 창피하다. 그래서 나는 울고 싶을 때 울 수 있을 만한 영화를 찾아 마음껏 운다. 이번에도 이 방법에 딱 맞는 영화를 찾아 실컷 눈물을 쏟아냈는데 마음이 한결 개운해지는 느낌을 받았다. 그 이후엔 도통 영화에 감흥이 생기지 않아 영화를 찾지 않는 것이 문제이긴 하지만.

막상 글을 쓰고 나니 꼭 노잼 시기 때만 했던 행동들은 아닌 것 같아 고개가 갸웃거려졌다. 평소에도 무료한 일상을 보내고 있다 느껴질 때마다 했던 행동들이라 노잼 시기라도 사람은 쉽게 변하지 않는 건가, 라는 생각이 들었다. 아, 문득 생각 하나가 떠올랐는데 내가 겪고 있는 이 감정이 정말 노잼인 건지, 단순히 우울한 감정인 건지, 가을을 타고 있는 건지 불분명하다는 것이다. 누군가는 노잼 시기엔 어떠한 감정도 느껴지지 않는다고 하던데 나는 비교적 감정은 잘 느끼고 있으니 또 노잼 시기가 아닌 것 같기도 하고. 그런데 또 의욕 없고, 생각 없고, 세상 심드렁하면서, 한없이 자고 싶은 느낌이 드는 걸 보면 노잼 시기가 맞는 것 같기도 하다. 노잼 시기에는 꼭 이래야 한다는 필수 사항 같은 건 없으니, 그래 그냥 계속 노잼 시기라 명명하기로 했다. 그래야 지금 나의 이 상태를 조금은 가볍고 대체하기 쉬운 감정으로 치부할 수 있을 듯하니 말이다.

사실 노잼 시기라고 하는 것을 처음 느낀 것은 아니다. 기억하고 있는 것만 세어봐도 이미 수백 번도 넘게 경험했던 것 같다. 그만큼 자주 찾아오는데 그때마다 이 노잼 시기를 어떻게 대처해야 하나 매번 고민했던 것 같다. 어느 날은 한순간에 슉-하고 빨리 지나가는데, 또 어느 날은 이제 좀 떠날 때가 되지 않았나 싶을 정도로 오랫동안 겪었을 때도 있으니 말이다. 그래서 익숙한 감정이긴 하나 또 이상하리만치 낯선 감정이라는 생각이 든다. 예전에 누군가가 쓴 글을 본 적이 있다. 사람들마다 시기는 제각각 다르겠지만 삶의 흥미가 떨어지고 한없이 무기력해지는 순간들이 찾아온다고. 그러한 시기가 찾아왔을 때 내가 어떻게 대처하나에 따라 그다음 순간이, 미래가 조금 달라질 수 있다고. 우선, 그 시기를 잘 견뎌내고 넘어가는 것이 가장 중요하겠고, 두 번째로는 역시나 당연한 말이겠지만 무엇을 하든 나를 위해 해야 한다는 것이다. 내가 노잼 시기를 벗어나기 위해 했던 행동들처럼. 내 기분을 가볍고 맑게 만들려고 노력했던 것처럼. 그렇게 나를 위한 것들로, 그나마도 내가 만들어낼 수 있는 좋은 것들로 노잼 시기를 채워간다면 유잼시기를 비교적 빠르게 맞이할 수 있지 않을까. 그렇게 오늘도 난 노잼 시기를 잘 견뎌내려 노력 중이다.

집순이는
인생을 허비하고 있는 것일까.

　　제목에서부터 느껴지듯이 나는 집순이다. 그것도 꽤나 지독한 집순이. 집에 있는 것을 너무나도 사랑하는 프로 집순러. 내가 언제부터 집순이가 된 걸까 생각해 본 적이 있다. 아마 나는 어렸을 때부터 그랬던 것 같다. 사람들과 부대끼며 지내는 것보다 혼자서 고요히 보내는 시간을 더 좋아했고 그러한 성향을 타고난 사람인 것 같다. 그래서 나는 그렇게 결론을 지었다. 다양한 성향들 가운데 나는 집순이라는 성향을, 혼자서 고요히 시간을 보내는 걸 좋아하는 사람이라는 것을 말이다. 하지만 가끔 아니, 생각보다 자주 내가 내린 이 결론이 맞는 걸까 의구심이 들 때가 있다.

　　내가 유난히 기피하는 곳 세 가지가 있다. 바로 어두운 곳, 사람 많은 곳, 시끄러운 곳이다. 이 세 가지 요건이 모두 충족되는 공간이 있다. 바로, 클럽과 영화관. 하지만 후자는 내가 좋아하는 것과 연결되어 있어서 그런지 그 정도의 소란스러움은 견딜 수 있다. 하지만 클럽은 정말 자신이 없다. 왜 사람들이 그런 말을 하지 않나. 안 하고 후회할 바엔 하고 후회하라고. 나에게 클럽은 굳이 안 해도 후회하지 않을, 아주 완벽한 기피 공간이다. 그래서 당연하게도 클럽을 한 번도 가본 적이 없다. 그래, 이 정도는 나뿐만이 아니라 다른 사람도 기피할 수 있는 공간일 수 있다. 하지만 요즘엔 나의 이러한 증상이 더 심해졌다 느껴지게 만드는 공간이 하나가 더 있는데 바로, 고깃집이다. 그것도 저녁시간의 고깃집. 고깃집에서 밥을 먹으면 밥이 입으로 들어가는 건지, 코로 들어가는 건지 알 수 없을 정도로 너무 버겁다. 나는 보통 사람들이 많이 없는 시간에 늦은 점심 한 끼를 먹는 편이라 아주 한가하고 조용한 상태에서 밥을 먹는 경우가 대부분이고, 그것도 여의치 않다면 음식을 사서 집에서 한가롭게 먹는 편이다. 그래서 그런지 사람들의 소음과 자욱한 연기, 집에서 멀리 떨어져 있다는 불안감 속에서 저녁식사를 하는 날이면 항상 밥을 먹는 둥 마는 둥 하곤 했다.

사실 나도 바꾸고 싶었다. 이러한 나의 증상과 많이 결여된 사회성을. 그런데 뭐랄까. 도저히 잘 바뀌지가 않는다. 어쩔 수 없이 참석해야 하는 자리에서도 나는 항상 집을 머릿속으로 그리고 있다. 그리고 계산을 하기도 한다. *내가 여기서 집까지 가려면 얼마나 걸릴까. 조금이라도 빨리 집으로 돌아가 침대에 눕고 싶다.* 대부분 이런 생각들이 머릿속에 꽉 차 있는 편이다. 어느 날은 나의 이런 표정을 읽었는지 빨리 집에 가보라는 말까지 들었다. 그러면 나는 기다렸다는 듯이 자리에서 벌떡 일어나 기쁜 얼굴로 지하철에 몸을 싣곤 했다. 그리고 아는 동생은 나에게 이런 말도 했다. 그날은 집에서 아주 가까운 곳에서 함께 밥을 먹고 있었는데 밥을 맛있게 먹고 있는 나를 유심히 보더니 이렇게 말했다.

"언니, 오늘 표정이 유난히 밝아요. 언니는 집과 가까운 곳에서 만나면 활기가 넘치고 기분이 좋아 보여요."

그 말에 나는 진심이 담긴 미소를 지어 보이며 말했다.

"맞아, 너무 편해. 오랫동안 밖에서 놀 수 있을 것 같아, 오늘은."

그리고 옛날에 한 친구는 나에게 너는 집에 무슨 꿀단지를 가져다 놨길래 매일 일이 끝나자마자 집으로 가는 거냐고 툴툴거리며 핀잔 아닌 핀잔을 주기도 했었다. 나는 그런 말을 들을 때마다 항상 고개를 격하게 끄덕이며 말하곤 했다. 우리 집에 엄청난 꿀단지가 있어서 빨리 집으로 가봐야 한다고. 나에게 꿀단지란 아마 내 침대이지 않을까 싶지만.

하지만 가끔 이러한 나의 모습을 보며 나를 뒤흔드는 말을 하는 혹은 그런 뉘앙스를 풍기는 사람들이 있었다. 그렇게 젊고 좋은 나이에 왜 항상 집구석에만 있냐는 말. 사람들은 모두 밖에서 바쁘게 지내는데 항상 집으로 가려고만 한다는 말. 지금은 그나마도 그 말에 변명을 할 수 있긴 하다. 집에서도 무지 바쁘고 나름 나에게 굉장히 알찬 시간을 사용하고 있다고. 지금 이 글도 우리 집 식탁에 앉아 쓰고 있으니 말이다. 이렇게 나름 당당하게 말하고 있지만 항상 많이 고민하게 되고 흔들리게 되는 부분이긴 하다. 밖에 나가서 새로운 친구도 만들어야 할 텐데, 이제 남자 친구도 만들고 세상을 더 바삐 돌아다니며 살아야 하는데 그저 편하다는 이유로, 그저 마음이 안전하다는 이유로 너무 집 안에 박혀서나의 이 귀한 시간과 인생을 허비하고 있는 것이 아닐까. 그러다문득 내가 지금 삶을 잘 살고 있는 것인가, 라는 생각까지 이르게된다. 나 정말 잘 살고 있는 걸까. 이미 남들보다 뒤처지긴 했지만나중에 정말 도태되는 것이 아닐까. 지금 내가 집에서 뒹굴거리고있는 동안 누군가는 앞으로 인생에서 보탬이 될 새로운 누군가를만나고 있는 것은 아닐까 두려워지기도 한다.

그래서 나는 밖을 잘 돌아다니는 사람, 친화력이 좋은 사람, 나처럼 유난스럽게 예민하지 않은 사람들이 조금 부럽기도 하다. 내가 자꾸 많은 사람들을 피하려고 하는 것도, 기회가 되는 대로 나의마음을 안정적으로 만들어 놓으려고 하는 것도 끝내 사람 때문에,관계 때문에 만들어진 습관일 테니 말이다. 정말 그랬다. 예전에는아무리 시끄러워도 고깃집에서 고기를 참 잘 먹었는데, 고기 맛도참 잘 느꼈는데 고기 맛을 잘 느끼지 못하고 있는 요즘은 정말 증상이 심각해졌다. 이러다가 더 심각해지는 건 아닌가 불안감이 엄습해오기도 한다. 사람들에게 마음을 다치고 관계에서 허무함을 느끼게 될수록 더욱 집으로, 집으로 도망치게 되었던 것 같다. 나를 안전하게 만들어줄 수 있는 곳으로, 나의 상처를 보듬어줄 수 있는 곳으로, 나의 약점을 들키지 않을 수 있는 곳으로 내 몸을 숨기기 급급했던 것 같다. 그러한 관계와 마음의 상처들이 거듭되면서 나는 집순이로, 그것도 프로 집순러로 진화하게 된 것 같다.

　나름 인생을 허비하지 않고 있다 주장하고 싶은 집순이의 장점을 조금 나열해 보자면 이렇다. 우선, 편하다. 내 집에서 내가 사랑하는 강아지와 함께 아늑한 침대에 누워있을 수 있으니 두말할 것도 없이 최고다. 그리고 굳이 불편하게 꾸밀 필요도 없다. 목 늘어난 편한 티셔츠와 고무줄이 넉넉한 반바지를 입고서 머리를 하나로 높게 묶고 다녀도 나를 이상한 눈으로 보는 사람은 없으니까. 그리고 또 나는 집에서도 나름 바쁘다. 사람들과의 관계를 맺지 않고 있을 뿐 나름 나를 위해 하고 있는 일들이 무척 많다. 우선, 지금처럼 오늘 떠오른 생각들을 정리해서 글을 써야 하고, 내가 좋아하는 영화도 봐야 한다. 또 그 영화의 리뷰도 써야 하고, 미뤄뒀던 책도 읽어야 한다. 그리고 아직 끝내 놓지 못한 편집도 마무리해야 하고, 새로 계획하고 있는 일도 구상해야 한다. 또 강아지와 놀아줘야 하고 엄마의 말동무도 해 드려야 한다. 어느 날은 그럴듯한 요리를 만들어야 하기도 하고, 방 청소를 해야 하기도 하고, 예전에 사다 뒀던 퍼즐도 맞춰봐야 한다. 이렇게 구구절절 나열해보니 나름 그렇게까지 인생을 허비하고 있는 거 같진 않다. 그저 나는 나의 시간을 정말 오롯이 나에게만 쓰고 있을 뿐이니까 말이다.

나에게 집은 무엇일까 생각해봤다. 나에겐 충전소, 같은 존재이다. 좀 진부한 말 같지만. 밖에서 들었던 기분 나쁜 말과 눈빛, 뉘앙스들을 깨끗이 닦아낼 수 있는 공간이면서, 슬프고 우울했던 마음을 정화시켜주는 곳이기도 하다. 또 나를 사랑해주는 존재와 함께 있어 자존감을 높여주는 곳이기도 하다. 사람마다 위로를 받고 재충전을 할 수 있는 곳은 다 다를 것이다. 누군가는 친구와의 대화 속에서 재충전을 할 수도 있고, 누군가는 클럽에 가서 춤을 추며 재충전을 할 수도 있다. 또 누군가는 문득 새로운 공간으로 떠나는 것을 재충전의 기회로 삼을 수도 있을 것이다. 그리고 나처럼 오로지 집에서만 재충전이 되는 사람도 있을 것이다. 이렇게 각자 아늑함과 위로를 받을 수 있는 공간이 조금씩 다를 뿐, 그것에 옳고 그름은 존재하지 않는 것 같다. 나는 그저 집이라는 공간이 나에게 주는 에너지가 상당하기에, 그리고 그곳에서만, 그 에너지만이 나를 충전시켜줄 수 있기에 집을 선호하게 되었고, 그렇게 자연스럽게 집순이가 되지 않았을까 싶다. 그 집순이 파워가 나를 다시 세상으로 나갈 수 있는 용기를 주기도 하니 집은 나에게 무척이나 소중한 충전소이다.

어쩐지 쓰고 나니 집순이의 타당성을 나열한 것 같은 기분이 드는 건 왜일까. 사실 맞다. 한편으론 모든 집순이들을 대표하여 변명을 조금 늘어놓고 싶기도 했으니까. 내가 뭐라고, 참. 아무튼 나를 포함한 모든 집순이들에게 말하고 싶다.

'우리 잘못하지 않았어요. 그리고 잘못 살고 있지도 않을 거예요, 그저 우리는 우리의 방식대로 살아가고 있을 뿐 절대 인생을 허비하고 있는 것이 아니랍니다.'라고 당당하게 말하고 싶다. 요즘 들어 내가 가장 많이 하는 생각이 있다. 내 멋에 사는 것. 내 멋대로 하는 것. 그러니까 인생을 막살자는 게 아니라 내가 원하고 좋아한다면 남들이 조금 이상하게 바라봐도 한번 내 멋대로 살아보는 것도 나쁘지 않다는 생각이 들었다. 내가 입고 싶은 옷 스타일대로, 내가 먹고 싶은 음식대로, 내가 좋아하는 재충전의 방식대로.

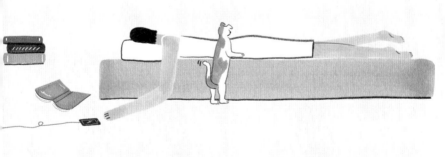

PART 3

우리는 평생
막연함과 싸워야 한다.

꿈을 포기할 때에도
용기가 필요하다.

　　　　　꿈을 가진다는 것은 어떤 의미인가 생각해본 적이 있
다. 아니, 사실은 자주, 매우 빈번하게 생각하곤 한다. 아마 꿈은
살아가는 데에 있어서 동력 같은 존재이지 않을까. 하고 싶은 것
이, 도달하고 싶은 곳이 있기에 조금 더 힘을 내서 살아갈 수 있게
하는, 그렇게 만드는 존재이지 않을까. 나 역시 지금까지 그 꿈이
라는 것을 가슴 아주 깊은 곳에 품고 살아왔다. 비록 그 꿈이 숨쉬
기 힘들 정도로 답답함을 느끼게 하더라도. 하지만 가끔 아니, 사
실은 자주 그 꿈이라는 것 때문에 흘려 보낸 시간이, 흘러가는 시
간이 두려워지기 시작했다. 철들지 못한 사람처럼 이루지 못할 꿈
을, 도달할 수 없는 꿈을 붙잡은 채 덧없이 흘러가는 시간을 바라
보며 전전긍긍하고 있는 내 모습을 보고 있노라면 반문하게 된다.
과연, 꿈을 꾸는 것이 좋은 것일까.

나는 어렸을 때부터 꿈이 없었던 적이 없었다. 자주 바뀌긴 했지만 누군가가 나에게 꿈이 뭐냐, 물을 때면 언제나 당당하게 말하곤 했다. 나의 꿈은 OO이라고. 나의 첫 번째 꿈은 화가였다. 한창 미술학원을 다니면서 그림에 재미를 붙이고 있던 터라 그해 내 장래희망 칸엔 화가라는 꿈이 적혀있었다. 그 이후에도 바뀐 나의 꿈들은 아주 다양했다. 수의사, 수영선수, 선생님, 파티시에, 기자 등 참 많고 다양한 꿈을 꾸며 살아왔다. 그래서일까. 나는 꿈을 가진다는 것은 당연한 일이라고 생각했다. 실현 가능한 꿈이든 아니든 꿈은 언제나 내 가슴 한 켠에 자리 잡고 있었기에.

고등학교 3학년 때 친했던 친구 한 명이 떠오른다. 한창 어떤 학교, 어떤 과를 가야 할지 담임 선생님과 상담을 하고 있을 때 그 친구가 나에게 이런 말을 했었다. 지금 꿈이 없어서 내가 뭘 하고 싶은 건지 잘 모르겠다고. 그때 나는 입시 준비를 하던 중이라 꿈이 없다는 친구의 고백에 그럴 수도 있나 잠시 고개를 갸웃거렸었다. 그만큼 그 당시 나에게 꿈은 당연한 것이어서. 그러다 내가 꿈을 가지고 있는 것처럼 그 친구도 좋아하는 것을 찾게 되면 좋겠다는 생각이 들어, 그 친구가 관심을 가졌던 분야들을 떠올리며 어떤 과가 좋을까, 함께 머리를 맞대고 고민했었다. 하지만 아쉽게도 그 친구는 끝내 진로를 결정하지 못하고 점수에 맞는 학과를 선택해 대학을 가게 되었다. 다행히 선택한 과가 적성에 맞는지 친구는 즐거운 대학 생활을 보내는 듯 보였다. 되레 그 친구의 관심사를 함께 고민했던 나는 입시를 망친 후, 원하지 않은 대학에 들어가 아주 깊고 깊은 방황을 시작하며 뒤늦은 사춘기를 맞이하게 되었다.

그 당시, 처음으로 꿈에 대해 반문하기 시작했던 것으로 기억한다. 내가 여태까지 꿈을 위해 해온 노력은 친구가 우연히 발견한 적성보다 못한 것이었나. 혼자 반항기 가득한 물음을 던지곤 했다. 그때 처음으로 느낀 꿈에 대한 반문은 삶의 어느 순간마다 고개를 내밀며 나를 흔들어 놓기 시작했다.

오래 전, 친한 친구와 영화 한 편을 본 적이 있었다. 꿈을 이루기 위해 노력하는 여자에 대한 영화였는데, 영화에서 여자는 꿈을 위해 밤낮없이 노력하고, 꿈을 버티기 위해 돈을 벌고, 사람들에게 무시를 당해도 꿋꿋하게 웃으며 견뎌냈다. 그렇게 꿈을 지키며 버텨 온 여자는 엔딩에서 원래 하고자 했던 꿈이 아닌 그와 관련된 일을 직업으로 가지게 되었다. 영화를 다 본 후, 친구와 결말에 대해 이야기를 나누게 되었는데 친구는 영화가 '해피엔딩'이라고 했고, 나는 '새드엔딩'이라고 생각했다. 왜 결말을 해피엔딩으로 생각했는지 친구에게 물었는데 친구는 이렇게 대답했다. 어쨌든 꿈의 근처에서 삶을 지속할 수 있지 않냐고. 그리고 자신의 힘으로 돈을 벌어 작지만 집까지 구할 수 있게 되었으니 해피엔딩, 이라는 것이었다. 하지만 나는 그와 똑같은 이유로 새드엔딩, 이라고 생각했다. 자신이 여태까지 품어왔던 꿈을 포기하고 그 근처에서 계속 삶을 살아간다면 눈앞에 계속 그 꿈이 보이지 않냐고. 그러면 얼마나 가슴이 아프겠냐고. 포기한 꿈을 보고 산다는 게 얼마나 힘든 일이겠냐고 말했었다.

몇 년이 지난 후, 우연히 그 영화를 다시 보게 되었다. 그리고 친구의 말이 이제야 조금 이해되기 시작했다. 처음엔 영화 속 여자를 보며 현실과 타협했다고 생각했었다. 타협이라는 말이 좀 웃기긴 하지만 정말 그렇게 생각했었다. 내가 진짜 가지고 있는 꿈은 여기 앞에 있는데 나는 다른 곳에서, 한 발자국 뒤에서 그 꿈을 계속 보고만 있으면 굉장히 괴로울 거라고. 그래서 그건 진정 꿈을 이룬 것이 아니라고 생각했었다. 현실적인 면만을 생각하며 정말 이루고 싶은 꿈 언저리에서 타협했다고 속으로 질타하고 있었다. 하지만 이젠 알게 되었다, 이해하게 되었다. 영화 속 여자가 그렇게라도 꿈의 언저리에 자리를 잡고 삶을 살아갈 수 있다는 것이, 자신이 노력해서 번 돈으로 삶을 지탱할 수 있다는 것이 대단한 거였다는 걸. 여자는 참 꿋꿋했구나. 자신의 꿈을 우회할 용기를 가지고 있었구나, 새삼 깨닫게 되었다.

한동안 꿈을 포기한 내 모습을 상상해본 적이 있었다. 꿈의 언저리도 가지 못한 채 그냥 우회해버리는 삶을 말이다. 꽤나 오랫동안 끌어안고 있던 이 꿈을 포기한다고 했을 때 내가 갈 수 있는 곳이, 도망칠 수 있는 곳이 없었다. 당연하다는 듯 내 옆에 자리 잡고 있는 꿈에 관련된 것들을 한순간에 지워버리기엔, 이미 나와 너무나도 한 몸처럼 달라붙어 버려서 어느 것부터 떼어내고 적응해야 할지 막막함이 밀려왔다. 그렇게 한동안 열병을 앓듯 꿈을 포기한 나를 생각하며 고통 속에서 살아가다 나는 깨닫게 되었다. 나는 오랫동안 짝사랑해온 대상을 잊어버리기엔, 지워버리기엔 대단히 겁쟁이라는 사실을. 그렇게 나는 꿈을 포기할 때에도 용기가 필요하다는 사실을 알게 되었다.

나는 꿈을 포기할 만큼 결단력 있는 사람이 아니었다. 그렇기에 오늘도 꿈을 꾼다. 포기할 수 없어 꿈을 꾸고, 포기하고 싶지 않아 꿈을 꾼다. 누군가는 아직도 그런 꿈을 꾸고 있느냐고, 지치지도 않냐고, 가족들에게 미안하지도 않냐고 상처 내는 말들을 할지라도 여전히 나는 그 꿈이라는 것의 '끝'까지 가보고 싶다는 생각을 한다. 대단한 무언가가 되지 못하더라도, 영화 속 여자처럼 그 꿈의 언저리에 자리를 잡고 꿈을 바라볼 수 있으면 좋겠다.

나는 왜 꿈을
고백하지 못하는 걸까.

　　나는 꽤나 오랫동안 꿈을 꿨고 여전히 꿈을 간직하고 있음에도 불구하고 언제나 꿈을 말하는 것에 소극적인 편이다. 그러니까 아직 나와 친분관계에 놓여있지 않은 사람들 앞에서는, 그리고 가끔은 친분이 있다 하여도 내 꿈을 자신 있게 꺼내놓지 못하는 편이다. 언제나 '어느 쪽을 희망해요', '그쪽과 관련된 일을 하고 싶어요'라는 말로 얼버무리기 십상이었다. 내가 내 꿈에 대해 자신 있게 말하지 못하는 이유에는 여러 가지가 존재하겠지만 무엇보다 꽤나 불안정한 꿈을 가진 나를 바라보는 시선이 너무나도 부담스러웠다. 그래서 괜히 내가 작아지는 느낌이 들곤 했다. 그리고 무엇보다 꿈을 꾸고 있는 내가 나의 꿈에 확신을 갖지 못해서, 확신을 주지 못하고 있어서 번번이 제대로 고백하지 못했다.

나는 지금까지 내가 살아온 삶 중에서 꿈을 꾸지 않고 있을 때보다 꿈을 꾸고 있었을 때가 훨씬 많았다. 비록 어렸을 때는 그 꿈이 시시각각 변하긴 하였으나, 어느 정도 머리가 자란 뒤부턴 언제나 꿈은 한결같았다. 직업적인 부분에서 보자면, 점차 확장되는 면이 없지 않아 있지만 언제나 변함없이 마음속에서 바라보고 있는 꿈의 방향은 같았다. 그러나 나는 언제나 나의 꿈을 자신 있게 말하지 못했다. 언제나 어물쩍거리다 대충대충 질문을 던진 이를 충족시킬 수 있는 수준의 대답만을 하며 넘어가곤 했었다. 그래서 누군가는 나를 참 알 수 없는 사람이라 칭하며 분에 넘치는 관심을 주기도 했었다. 누군가가 나의 꿈을 궁금해 해주길 바라는 마음에서 감춘 것은 아니었다. 그저 왠지 모르게 의식되었다. 나의 꿈이. 그 꿈을 바라보는 나의 모습이.

그래서 한동안은 나의 꿈을 완벽히 감추곤 했었다. *그냥 남들이 하는 일 하려고요. 어떤 일이요. 그냥 남들이 하는 일이요. 그럼 공무원. 네, 뭐 그렇죠. 남들이 하는 거.* 이런 식으로 나의 마음과 꿈을, 생각을 감추곤 했었다. 어느 한편으로 보면 내가 만들어낸 방어기제라고 할까. 나라는 사람을 그렇게까지 궁금해 하지도 않으면서 계속해서 캐보려는 그 사람의 의도를 알 수가 없어서. 대체적으로 그런 사람들은 나의 허락도 없이 무례하게 내가 오랫동안 간직한 꿈을 아주 가볍게 여기는 모습을 보여줬기 때문에. 그렇게 가볍게 여기는 것을 도저히 용납할 수가 없어서. 그래서 그런 의도가 다분해 보이는 사람들 앞에선 더욱 나의 마음을 감추곤 했다. 절대 알려주지 않을 거야. 내가 이렇게나 소중히 간직해 왔던 꿈을, 나조차도 만지기 아까워 조심스럽게 다루고 있는 나의 마음을 네가 함부로 만지게 두지 않을 거야, 라는 하나의 방어기제로.

　내가 이러한 방어기제를 만들어 낸 데에는 그만한 이유가 존재했다. 나의 꿈을 함부로 대하는 사람들을 생각보다 많이 만났기 때문에. 내가 품고 있는 꿈으로 나를 판단하려 들던 사람이 있었으니까. 내가 그 꿈을 가지고 있다고 하면 나를 지그시 바라보며 알 수 없는 미소를 짓곤 했었으니까. 그 미소의 의미를, 그 미소를 지은 이유를 정확히 해석해낼 순 없지만 그리 유쾌한 미소가 아니었다는 사실 정도는 눈치챌 수 있었으니까. 그래서, 나는 나의 꿈을 더욱 말하지 않게 되었다. 나라는 사람을 얼마나 알고 있다고. 그저 스쳐 지나가듯 몇 번 만난 사람이 내가 가진 꿈으로 나를 판단하고 그 꿈을 이룰 수 있다, 없다 주제넘게 판단하고 있는 모습을 도저히 지켜볼 수가 없어서. 말도 안 되는 상황이라는 걸 알고 있음에도 그 사람의 판단에 상처받고 있는 내 마음을 지켜내기 위해서. 그래서 입을, 마음을, 생각을, 진심을 굳게 닫기 시작한 것 같다.

사실 나는 내가 내 꿈을 말하지 못하는 더 강력한 이유를 잘 알고 있다. 사람들이 나를 바라보는 시선 때문이 아니라, 그 꿈으로 나를 판단하고 있는 말 때문이 아니라 바로, 나 자신 때문이라는 것을. 내가 내 꿈에 대한 자신이 없어서. 망설이고 있어서. 나에게 맞는 옷이 아니라는 생각을 하고 있어서. 내가 꿈을 이루지 못할 것이라는 것을 짐작하고 있어서. 그렇기에 쉽게 말하지 못했다. 정말 그 꿈을 이루지 못할까 봐. 이루지 못할 것 같아서. 이루지 못하면, 그렇게 된다면, 그렇게 될 것 같다면 차라리 말하지 않는 것이 좋지 않을까, 란 마음의 소리를 들어서.

누구나 그럴 것이다. 그런 순간이 존재할 것이다. 나처럼 오랫동안 품어왔던 꿈 같은 것이 아니더라도 아주 단기간의 목표조차 사람들에게 쉽게 말하지 못했던 순간이. 혹시나 잘되지 않으면, 혹시나 이루지 못하면, 혹시나 성취해내지 못하면 창피하니까. 못난 사람처럼 보일지도 모르니까. 그래서 패배자처럼 느껴질까 봐 겁이 나서 제대로 나의 목표와 계획을 말하지 못하게 된 것 같기도 하다. 내가 원했던 것들은, 내가 꿈으로 간직해서 이루어지길 간절히 바랐던 일들은 언제나, 항상, 어김없이 이루어지지 않았으니까, 이루지 못했으니까. 그래서, 앞으로도 그러할 것 같으니까 나는 더욱 의식적으로 입을 굳게 닫아버린 것이 아닐까. 아무도 모르게. 혼자만 간절히 애타게. 가슴 절절하게 품고 있는, 영원한 꿈으로.

그러다 문득 이래도 되는 걸까, 라는 생각이 들었다. 그렇게 남들 입에 오르내리는 것이 두려워서, 패배할 것이 겁이 나서 평생 입을 꾹 다문 채 살아갈 앞으로의 내가 답답해져서. 그래서, 그러니까, 그러면 안 되니까 스스로에게 하나의 훈련을 시키기로 했다. 연습을 해보기로 했다. 다짐, 같은 것을 해보기로 했다. 견뎌내기. 견뎌내 보기. 내가 품은 꿈의 무게를 버텨내기. 버텨내 보기. 사람들의 판단과 시선에 굴복하지 않기. 패배자가 되는 것을 두려워하지 않기. 지금의 나를 인정하기. 꿈이 내 인생의 전부가 될 수 없다는 걸 깨닫기. 꿈을 이루지 못하더라도 살아갈 만할 거라고 되뇌기. 그래서 이러한 무수한 생각들을 내 마음속에 적응시키기. 그래서 끝내 꿈을 자신 있게 말하고 다니기. 굴복하지 않고, 굴복하지 않으려 꿈을 입 밖으로 꺼내기. 내 꿈을 부끄러워하지 않기. 그 꿈을 품고 있는 나를 창피해하지 않기. 사실 창피할 만한 꿈도 아닌데 쓸데없이 생각을 부풀리고 부풀려 내가 품고 있는 꿈이 나와 어울리지 않을 거라 단정 짓지 말기. 그러니까 다시 처음으로 돌아와 당당하게 나의 꿈에 대해 말하기. 조심스럽지만 당당하게. 내세우지 않으나 자기 확신을 가진 채 말해 보기로 했다.

꿈으로 돈을
벌 수 있을까.

　　우리는 살아가기 위해 돈을 번다. 처음엔 돈을 벌고 싶어서 일을 시작하게 되지만, 이후엔 돈을 벌어야 하기 때문에 일을 붙잡게 된다. 호기심으로, 이제 어른이 되었으니까, 나도 내가 번 돈으로 살아가는 어른이 되고 싶어서 벌기 시작했던, 조금은 낭만적이었던 돈벌이가 어느 순간부터 돈 때문에 돈을 벌게 되는, 전보다 훨씬 무거워진 돈벌이의 무게를 체감하게 된다. 그렇게 적지도, 많지도 않은 나이를 가진 지금의 나는 여전히 돈을 낭만적으로 보고 있다는 생각이 든다. 내가 좋아하는 일로, 나의 꿈으로 돈을 벌 수 있기를 여전히 간절하게 바라고 있으니까 말이다.

　　내 주변에 돈을 벌고 있는 사람들이 꽤 있다. 너무도 당연한 일이겠지만. 안정적인 직장을 가지고 있는 사람도 있고, 불안정하지만 원하는 바를 이루기 위해 돈을 버는 사람도 있고, 돈을 벌지 못하는 사람도 있다. 그 사람들 중 어느 포지션에 있는지 말해보자면, 나는 돈을 벌지 않고 있는 사람이다. 조금 더 자세히 말하자면, 내가 원하는 것으로 돈을 벌기엔 너무도 까마득해서 돈을 벌지 못하고 있으며, 내가 원하는 것을 이루기 위해선 생활할 수 있는 돈을 벌어야 하지만 '잠시 휴업 상태'라고 말하면 조금 이해하기 쉬우려나. 돈벌이에서 잠시 떨어져 있는 지금의 나는, 자주 나의 미래에 대한, 불안정한 미래에 대한 생각들이 차오르곤 한다.

나는 여태까지 내가 원하는 것으로, 그러니까 나의 꿈으로 돈을 벌어본 적이 거의 없다. 이 '거의 없다'에 포함된 경험은 단 두 번뿐이다. 처음 나의 꿈으로 벌었던 돈은 오만 원이었다. 우연히 학원에서 알게 된 언니에게 부탁을 받아 아주 짧게 일에 참여하고 받은 돈이다. 그렇게 복잡한 일도 아니었고, 시간에 비해 돈을 많이 준다는 생각이 들어 꽤나 기분 좋게 돈을 받았던 기억이 있다. 그리고 또 다른 일 한 가지는 내가 이력서 같은 것을 써내어 얻게 된 일이었다. 이 일 역시 시간에 비해 많은 돈을 받았던 것으로 기억한다. 그때 받은 돈은 십만 원이었다. 그러니까 내가 여태까지 삶을 살아오면서 내 꿈으로 벌었던 돈은 단 십오만 원뿐이었다.

그렇다고 내가 살아오면서 돈을 아예 벌지 않았던 것은 아니다. 단지 꿈으로 돈을 벌지 못했다는 것뿐이지. 꿈이 밥 먹여주냐 묻는다면, 사실 할 말은 없다. 또 요즘 같은 세상에 꿈은 사치라고 말한다면, 더더욱 할 말이 없다. 그렇다. 나는 좀 큰 사치를 부리고 있다. 꿈으로 돈을 벌길 바라는, 아주 큰 사치. 나는 알고 있다. 이젠 꿈으로 돈을 벌고 싶다는 마음을 조금 접을 때가 되었다는 것을. 하지만 나는 여전히 그 사치를 쉽사리 손에서 놓지 못하고 있다. 언젠가 내가 꿈꾸는 일로 돈을 벌었으면 좋겠다고. 비록 많은 돈을 벌지는 못할지라도 이 한 몸 건사할 수 있을 정도의 돈을 벌고 싶다는 희망을, 소망을 여전히 버리지 못하고 있으니까.

아직도 꿈에 투자하는 중이라고 말한다면, 사람들은 나를 어떤 눈으로 바라볼까. 이제는 결코 어린 나이라 말할 수 없는 이십 대 후반, 나는 아직도 꿈으로 돈을 벌기보단 꿈에 돈을 투자하는 쪽에 가깝다. 지금도, 그리고 올 한 해 내내 나는 여전히 꿈을 이루기 위한 수업을 찾고 있었으니 말이다. 어쩌면 욕심일 것이다. 아니, 확실히 욕심이다. 남들보다 더디더라도 내가 하고 싶은 일로 돈을 벌고 싶다는 욕심. 하지만 가끔은 아니, 사실은 무척이나 자주 나의 이 목표가 흔들리곤 한다. 자기 자리를 잡은 친구의 모습을 볼 때마다 흔들리고, 나보다 어린 친구의 취업 소식에 흔들리고, 나의 나이 앞자리 숫자가 곧 바뀔 거라는 미래에 대한 압박감에 흔들리게 된다.

요즘엔 평생직장이라는 개념이 사라지고 있다. 삶의 변화에 따라 직업이 사라지기도 하고, 새롭게 탄생하기도 한다. 비록 소수의 사람들이겠지만 돈을 벌기 위한 일이 아니라 내가 하고 싶었던 일을 해보려는 흐름이 조금씩 늘어나고 있는 것 같기도 하다. 돈을 벌기 위한 일보단 내가 좋아하는 일을 하면서, 그러니까 이유가 있는 돈벌이가 일의 능률을 상승시킨다고 생각한다. 나는 안정적인 직장보단 파트타임으로 짧고 불안정한 직장에서 일을 많이 했는데, 그 일을 하면서도 이유 없는 돈벌이와 이유 있는 돈벌이의 차이를 느낀 적이 있었으니 말이다.

처음엔 돈을 벌고 싶었다. 스무 살이 되자마자 알바를 시작했고, 그 이후부터 지금까지 간간이 쉬기는 했으나 나름 정기적으로 일을 한 편이다. 처음엔 벌고 싶어서, 라는 이유가 붙었던 일이 나중엔 돈을 벌지 않으면 안 되니까, 로 바뀌는 순간 일하는 그 시간이, 그 순간이 항상 고역처럼 느껴졌다. 내가 왜 여기서 일을 해야 하는지, 왜 여기서 돈을 벌고 있어야 하는지 스스로를 설득하지 못한 상태에서 시작한 일은 언제나 나와의 싸움이 될 뿐이었다. 돈을 어떻게 재미있게 벌 수 있냐고 묻는다면, 사실 나도 잘 모르겠다. 하지만 일에 내 나름의 타당성을 붙여준다면, 그나마 조금이라도 그 일을 덜 고통스럽게 느낄 수 있지 않을까.

20대 중반이던 어느 날의 난, 일자리를 구하고 있었다. 예전처럼 비는 시간을 채우기 위해, 불안한 미래에 조금이나마 안정감을 보태기 위해 시작한 일이 아니라 내가 하고 싶은 일을 하기 위해,

꿈을 경험해보기 위해 찾았던 일자리. 몇 개월 뒤의 나에게 투자하기 위한, 내가 정말 하고 싶었던 일을 하기 위한 돈벌이. 그렇게 나에게 타당성을 부여할 수 있는, 이유 있는 돈벌이를 시작했다고 해서 매 순간 그 일이 달콤하고 즐거웠다 말할 순 없지만, 과거에 내가 했던 옅고 추상적인 돈벌이와는 느낌이 조금 달랐다. 여전히 일하는 시간은 더디 가고, 가끔은 지쳤으며, 자주 화를 냈지만 내 마음속 깊은 곳에서 느껴지는 마음가짐이 조금 달랐다고 해야 할까. 이 시간을 버티면, 이것만 잘 견뎌내면 내가 하고 싶은 일에, 내가 이루고 싶은 꿈에 아주 얇은 흔적이라도 남길 수 있다는 작은 희망 같은 것이 일하는 내내 가득 차 있었다. 그래서 나는 생각했다. 불확실할 수밖에 없는 이 세상에, 내 삶 속에 내가 유일하게 견딜 수 있는 건 내가 좋아하는 일이구나, 그것밖에 없겠구나.

그러한 마음을 새삼 갖고 나서부터 나는 꿈으로 돈을 벌기 위해 더 체계적인 계획을 짜기 시작했다. 물론 계획을 짠다고 내 마음대로, 내 생각대로 다 이루어질 수는 없겠지만. 그저 나에게 거는 암시, 주문 같은 거라고 해야 할까. 여전히 몸은 바쁘게 움직이지만 마음만큼은 예전보다 조금 느긋하게 가져보려고 한다는 것. 여전히 사람들에게 내 나이와 내 직업을 말하게 되었을 때 나도 모르게 주눅이 들고 왠지 모르게 작아지는 느낌을 받을 테지만, 그래서 그들의 눈빛에, 말투에, 미세한 행동에 혼자 흔들리고 주저앉고 가끔은 모든 것이 망했다고 스스로를 탓하기도 하겠지만 그럼에도 불구하고 아직까지는 꿈으로 돈을 벌고 싶다는 이 마음가짐을 버리지 말자고 다짐을 해본다. 여전히 바보 같지만 하고 싶은 일을 하며 나에게 타당성을 부여할 수 있는 돈벌이를 해보자는, 주문. 암시. 부탁.

누군가가 나에게 네가 진짜 꿈으로 돈을 벌 수 있겠냐고 묻는다면, 나는 여전히 주저할 것이다. 마음만큼은 그럴 수 있다고 당당하게 말하려 하겠지만, 그러기엔 여전히 나의 미래는 그리 환하지 않으니까 말이다. 나는 진짜 나의 꿈으로 돈을 벌 수 있을까. 누군가가 나에게 던졌던 말을 한 번 더 나에게 던져본다. 내가 좋아하는 일로 적지만 나에게 충만함을 선사해줄 돈을 과연 벌 수 있을까. 아, 질문을 뒤집어보고 싶다. 사람들은 꿈으로 돈을 벌고 있는 걸까. 사람들은 하고 싶은 일을 하며 돈을 벌고 있는 것일까.

좋아하는 것과 하고 싶은 것이
같다는 행운, 혹은 불행

　　　좋아하는 것과 하고 싶은 것이 같다는 것만큼 행운이
또 있을까, 생각한 적이 있다. 좋아하는 것과 하고 싶은 것이 같
다는 건, 오로지 한곳만을 바라보며 끊임없이 좋아할 수 있다는
것. 좋아하는 것을 더욱 있는 힘껏 좋아할 수 있다는 것. 또, 그만
큼 하고 싶은 것을 발전시키며 보다 더 명확한 시선으로 꿈을 바
라볼 수 있다는 뜻일 테니 말이다. 그래서 나는 당연히 행복할 거
라고 생각했다. 정말 운이 좋은 사람이라 생각하며 축복받았다고
생각했다. 그리고 정말 얼마간은 행복했었다. 서로에게 꽤나 좋은
동력이 되어주고 있다 느꼈을 정도였으니까. 또, 동력이 되어주는
만큼 내 마음 또한 충만해지고 있다는 걸 느낄 수 있었으니까. 그
러나 꿈과 함께 무수한 시간을 보내며 알게 된 사실이 하나 있다.
그것이 마냥 행복한 것만은 아니라는 것. 어느 순간엔 그 어떠한
고통보다 더 날카롭게 나를 상처 주기도 한다는 사실을 말이다.

나는 꿈에 대해 이야기할 때면 항상 말보다 마음이 앞섰다. 꿈에 대한 말을 꺼내려는 머리보다 마음이 항상 먼저 반응하곤 했다. 그래서 번번이 말보다 감정이 먼저 울컥 차올라 눈물을 흘려버리기 일쑤였다. 울고 있는 내가, 뜬금없이 울컥해버린 내 마음이 당황스러운 정도로 '꿈'을 말하는 나는 무척이나 예민했다. 나에겐 그 무엇보다 꿈이 우선이라서. 아니, 사실은 꿈이 전부라서. 전부인 만큼 나에겐 무척이나 소중해서. 내 꿈을 너무 좋아해서. 아니, 사랑해서. 사랑, 이라는 감정을 아직 제대로 알진 못하지만 이 정도의 마음이라면 충분히 사랑, 이라고 말할 수 있지 않을까, 생각할 정도로 사랑해서. 그냥 이유 없이 좋아서. 예전에는 그럴 듯한 이유가 있었는데, 이젠 그 이유가 무색해질 정도로 그냥, 그저, 마냥 좋아서. 그냥 바라만 봐도 좋고, 그저 생각만 해도 좋고, 마냥 그 기운이 느껴질 때면 가슴이 터질 정도로 좋아서. 평생 함께하고 싶어서, 평생 사랑하고 싶어서 내 '꿈'이 되어버린, 그것.

그렇게 소중한 나의 꿈은, 내가 좋아하는 것은, 내가 하고 싶은 일은 운명처럼 하나가 되었다. 정말 나는 그것을 운명, 이라고 생각했었다. 운명처럼 다가와서 운명처럼 내 마음의 전부가 되어버렸으니까. 덤덤하게 아니, 사실은 행복하게 그 운명에 발을 담그겠노라 다짐했다. 풍덩, 그 안으로 깊게 파고 들어가 마치 한 몸인 것처럼 살아보겠노라 선언했다. 그리고 그 다짐은, 그 선언은 어느 정도 유지가 되고 있는 듯했다. 수업을 받으러 가는 길에도,

수업 시간에도, 수업이 끝난 다음에도 언제나 꿈을 바라보고 있었으니까. 하루 종일 그것만을 생각하며 살고 있었으니까. 수업을 받으러 가는 길에는 꿈에 대한 기사를 읽고, 수업을 하는 동안에는 선생님의 말을 경청해서 듣고, 수업이 끝난 다음에는 오늘을 복기하며 나의 부족한 부분을 찾기 바빴으니까. 그렇게 나는, 나의 오감 모두를 오로지 꿈을 위해서만 사용하고 있었다.

하지만 그 꿈은 어느 시점부터 나를 마냥 행복하게 두지만은 않기 시작했다. 행복한 만큼 아니, 가끔은 그보다 더 큰 아픔을 주기 시작했다. 어디, 이 정도의 고통을 주는데도 꿈을 계속해서 품을 수 있겠어. 마치 나의 충성심을 시험해보기라도 하려는 듯 꿈은 나를 약 올리고, 괴롭히며, 생채기 내기를 반복했다. 그러나 나는 그것을 다 감내해야 한다고 생각했다. 도망치면 안 된다고 생각했다. 이 시련을 견뎌내면, 분명 꿈에 더 가까워질 수 있을 거라고 생각했으니까. 분명 이 시련 뒤엔 달콤한 무언가가 있을 거라고 믿었으니까. 그러나 예상과는 다르게, 내 믿음과는 반대로 끝내 도저히 도망치지 않으면 안 될 정도로 숨이 턱까지 차는 고통을 느끼게 되었다. 아, 이걸 버티면 몸이 터질 수도 있겠다 공포가 느껴지던 어느 날, 나는 무작정 그곳에서, 그것에서, 그 꿈에서 도망쳐버리고 말았다. 일단 살고 봐야겠다 싶어, 뒤도 안 돌아보고 마구 헤엄쳐 가까스로 물속에서 벗어날 수 있었다. 아니, 벗어났다고 생각했다. 분명, 도망쳤다고 생각했었다.

도저히 수업을 들으러 갈 자신이 없던 어느 날, 오늘 딱 하루만 움직이지 못할 정도로 아팠으면 좋겠다고 생각한 어느 날, 나는 평소처럼 가방을 챙겨 집을 나섰던 것으로 기억한다. 엄마에게는 수업을 갔다 오겠다 말했지만, 도저히 그 근처에도 갈 자신이 없어 땡땡이를 칠 요량으로. 집에서 나와 버스 정류장에 도착한 나는 항상 타던 버스를 여러 대 보내고 나서야 다른 버스에 오를 수 있었다. 나는 이제 어디로 가야 할까. 어디에서 시간을 보내야 할까. 그곳에서 무엇을 해야 할까. 자리에 멍하니 앉아 창밖을 바라보며 생각에 잠겨있던 나는 익숙한 건물 하나를 발견하게 되었다. 마치 무언가에 홀린 듯 하차벨을 누른 나는 버스에서 내려 무작정 그 건물 안으로 들어갔다. 목적지가 어디인지도 모른 채 건물 안을 정처 없이 돌아다니던 나는 한 안내 표지판을 발견하고 나서야 걸음을 멈출 수 있었다. 원망스럽다는 듯 안내 표지판을 빤히 바라보며 생각했다. 진짜 네가 너무 지겹다고. 너는 정말 구제불능이라고. 무언가에 홀린 듯이 내렸던, 내 무의식 속의 목적지가 또다시 꿈 앞이라는 사실을 알게 되어서. 마치 원래 이곳에 올 생각이었다는 듯 또다시 이 앞에 서 있어서. 기껏 도망치겠다고 땡땡이까지 쳤으면서 또다시 꿈 앞이라니 내가 원망스러울 지경이었다. 내 마음을 새삼 깨닫게 된 그날, 나는 눈에 띄지 않는 구석에 몸을 숨긴 채 한참을 엉엉 울었다.

그날 이후로도 번번이, 그리고 아주 꾸준히 나는 내 꿈에서 도망치려 노력했지만 언제나처럼 또다시 꿈 앞에 주저앉아 울기만을 반복했다. 아무리 벗어나려 해도 여전히 꿈 앞에 서 있었다. 도망쳤다 생각했던 꿈 앞에 다시 서게 되는 날이면, 항상 이러한 생각을 했던 것 같다. 내가 좋아하는 것과 하고 싶은 것이 같다는 건, 과연 행운인 걸까. 어쩌면 불행이지 않을까. 평생 그것에서 벗어나지 못하고 영원히 제자리걸음만 하게 되는 것은 아닐까, 순간 두려움이 밀려왔다. 평생 이렇게 살다가 죽어버리면 어떡하지, 막막함이 한없이 마음을 덮쳐오기도 했다. 그러다 생각했다. 바보처럼, 미련 맞게 한곳만을 바라보던 시선을 이제 거두어야 하지 않을까. 꿈을 배반하는 것이 아니라 바보 같은 나를 살리기 위해선, 내 삶의 균형을 맞추기 위해선 잠시 꿈에서 벗어날 수 있는 무언가를 만들어야 하는 것이 아닐까 생각했다. 꿈을 계속 지속해나갈 생각이라면, 건강한 마음으로 꿈과 마주하고 싶다면, 꿈 때문에 지쳐버린 나를 위로하고 치유할 수 있는 새로운 놀이를 찾아야겠다는 결론에 도달하게 되었다.

　　예전에 누군가가 나에게 이런 말을 한 적이 있다. 좋아하는 것을 직업으로 가질 생각이라면, 제일 좋아하는 것이 아니라 두 번째로 좋아하는 것을 직업으로 삼으라고 말이다. 처음, 그 말을 들었을 때 나는 그 말의 뜻을 이해하지 못했다. 왜 두 번째로 좋아하는 것을 직업으로 삼으라고 하는 걸까. 진정으로 좋아하는 것이,

뚜렷하게 바라볼 수 있는 곳이 있는데 왜 굳이 두 번째로, 라는 생각에 고개를 연신 갸웃거렸던 것으로 기억한다. 그렇게 누군가의 충고를 이해하지 못했던 나는 이제야 비로소 그 말의 진정한 뜻을 깨닫게 되었다. 제일 좋아하는 것이 나를 괴롭힐 수 있다는 것을. 제일 좋아하는 것이 그 무엇보다 나를 고통 속으로 내몰 수도 있다는 것을 말이다. 그 말의 뜻을 제대로 이해하지 못한 나는, 그 충고를 무시하고 이미 좋아하는 것과 하고 싶은 것을 하나로 만들어버린 나는 이제 어떻게 해야 하는 걸까. 이제라도 그 사실을 온몸으로 깨닫게 되었으니 천천히 삶의 균형을 잡아나갈 수 있을까. 어떻게 해야 그 균형이라는 것을 맞출 수 있는 걸까. 이제부터라도 제일 좋아하는 것에 대한 마음을 줄여나간다면 괜찮아질 수 있을까. 아니면 두 번째로 좋아하는 것을 직업으로 갖는다면, 누군가가 해준 말처럼 지금보다 행복한 삶을, 균형 잡힌 삶을 살아갈 수 있는 것일까. 나는 아직까지도 그 해법을 찾지 못하고 있다.

누군가의 열정에
눈물이 나왔다.

　　요즈음 사람들과 만나게 되었을 때, 특히 가까운 사람
과 만나게 되었을 때 빼놓지 않고 하게 되는 이야기가 한 가지 있
다. 요즘 근황을 이야기하다 말할 때도 있지만, 보통은 마음먹고
그 사람 이야기를 꼭 해야지 생각하며 말을 꺼낼 때가 많았다. 그
이야기는, 자신이 하고 싶어 하는 일을 정말 열심히 하는 사람에
대한 이야기였다. 나는 항상 '열심히'라는 단어에 고개를 갸웃거
리거나 얼굴을 찡그리는 편임에도 불구하고, 이 이야기를 하는 동
안엔 반짝반짝한 눈으로 '열심히'라는 단어를 거리낌 없이 말하곤
했다.

　　사람들은 살면서 '열심히'라는 말을 얼마나 듣게 될까. 어렸을
때부터 누군가에게 듣게 되는 혹은 스스로가 습관처럼 하게 되는
말. 열심히. 어렸을 땐 '열심히'라는 말에 큰 의미를 두진 않았던

것 같다. 그저 그 단어 뜻대로, 내 기준대로 열심히 하면 되는 거였으니까. 그러나 살아오면서, '열심히'라는 단어 안에 참 많은 의미가 내포되어 있다는 사실을 깨닫게 되면서 나는 의식적으로 그 말을 쓰지 않으려고 노력했다. 너무도 주관적인 잣대로 판단되는 '열심히'라는 단어가 어느 순간부터 폭력적으로 다가오기 시작했으니까. 잘 알지 못하는 누군가 혹은 알고는 있지만 그 마음속까지 가늠하기 힘든 그 누군가의 마음에 들게, 알 수 없는 그 기준에 맞게 무작정 열심히 해야 한다는 걸 알게 되었으니까. 그리고 내 기준에서의 '열심히'는 항상 부족하다는 말을 들었으니까. 그래서 나는 '열심히'라는 그 주관적인 단어를 정말 싫어하면서도 항상 얽매여서 살아왔던 것 같다. '열심히'라는 늪에서 조금씩 벗어나고 있는 지금의 난, 이제야 내 기준의 열심히는 과연 존재했던 것일까 곱씹기 시작했다. 그러던 중, 올해 초에 만났던 한 사람의 모습이 떠올랐다.

너무도 추웠던 올해 초, 잘 알지 못하는 사람들을 만나 잘 알지 못하는 동네를 바쁘게 돌아다니고 있던 어느 날. 분주히 움직이는 사람들 사이로 간간이 생기는 여유의 시간을 활용해 각자 바삐 움직이고 있는 사람들의 모습을 지켜보고 있던 그날. 누군가는 자신의 의견을 말하기 바빴고, 누군가는 그저 딴짓하기 바빴으며, 또 누군가는 들어주기 버거워 보였던 그날. 수많은 생각과 말들 사이로 묵묵히 자신의 일을 열심히 하고 있는 사람의 모습을 보게 되었다. 너무도 추웠던 그날. 그저 숨만 쉬어도 날씨를 이기기 힘들었던 그날. 그렇게 추웠던 날, 입김을 후후- 내뱉으며 자신이 해야 하는 일을 열심히 하고 있던 그 사람의 모습이 눈에 띄었다. 그 모습이 너무도 귀여워서, 한편으론 대단해서, 또 한편으론 그 모습을 남기고 싶어서 열심히 그 사람을 눈으로 담고 있던 그때. 한참 동안 말없이 그 사람을 바라보다 나는 울 뻔했다. 아니, 사실 울고 싶었다. 누군가가 나를 이상하게 보지 않았더라면.

　'열정'이라는 단어의 모습이 이런 모습이지 않을까, 생각이 들 정도로 열심히 하고 있던 그 사람. 몹시도 추웠던 날, 땀을 뻘뻘 흘리며 열심히 자신의 일을 하고 있던 그 사람, 그 여자, 그 언니. 그 사람이 일하는 모습을 보며 나는 생각했다. 저런 모습에, 저런 열정에, 저런 눈빛에 '열심히'라는 말을 붙여야겠다고. 저런 모습이어야지만 열심이라는 말을 떳떳하게 내뱉을 수 있겠다고. 정말 열정이었다. 너무도 순수한 열정. 추위도 이길 만큼, 열악한 환경도 이길 만큼 열심히 임했던 그 사람의 모습을 떠올리면 지금도 코 끝이 시큰해진다. 그리고 마음속 어딘가에서 울컥하는 마음도 올라온다. 그 사람이 너무 열심히 해서, 그 모습이 너무 아름다워서, 그 모습을 닮고 싶어서. 그러한 모습이 진정 자신이 하고 싶은 일을 하고 있는 모습 같아서 감격스러웠다. 그래서 가능했다면 그 자리에서 울고 싶었다. 그 사람의 열정에 박수를 치며 차오르는 이 감정을, 이 감격을 표현해주고 싶었다. 하지만 그럴 수 없었다.

아니, 그러지 못했다. 괜스레 혼자 울컥한 모습이 바보처럼 보일까 봐. 혼자 감상에 젖어 울고 있는 내 모습이 못나 보일까 봐.

내가 좋아하는 영화에 이런 대사가 나온다. 사람들은 다른 사람의 열정에 끌리게 된다고. 자신이 잊고 지냈던, 잊고 살았던 열정을 그 사람을 통해 다시 느낄 수 있어서, 다시금 상기시켜주어서 우리는 누군가의 열정에 끌리게 되어있다고 말이다. 과거의 나 자신에게도 그러한 모습이 있었다고. 그리고 여전히 남아있을 거라고 상기시켜주어서, 희망하게 되어서 끌릴 수밖에 없다고. 그 사람의 열정적인 모습을 보며 영화 속 대사가 새삼 떠올랐다. 그리고 느낄 수 있었다. 영화 속 인물이 그 대사를 했을 때의 그 마음을. 내가 잊고 있었던, 가슴 속에 담아두었던 그 열정을. 이게 아니면 안 된다고 소리쳤던 치기 어린 그 열정을 너무도 추웠던 겨울, 그 사람의 모습을 통해 다시금 깨닫게 되었다.

나의 과거를 고백하자면, 나는 사실 그러지 못했다. 그렇게 열정적으로 내가 하고 싶은 일을 하지 않았던 것 같다. '열심히'라는 말을 그렇게나 싫어한다 했으면서도 정작 그 말에 스스로가 부끄럽지 않도록 해본 적이 있는가, 곰곰이 생각해보면 부끄럽게도 없는 것 같다. 그저 아이처럼 투정만 부렸던 것 같다. 이건 이래서 힘들고, 이건 이래서 버겁고, 저건 저렇기 때문에 제대로 할 수 없었다고. 수많은 핑계를 늘어놓거나, 다른 사람의 탓을 하거나, 나의 무능함을 고백하며 '열심히'라는 말의 무게에서 벗어나려고만 했다. 당신의 주관적인 잣대에 나를 끼워 넣지 말라며 거부하기만 했지 진정 내가 하고 싶은 일을 열심히 하지 않았다. 과거의 나를 반성하고 현재의 내 모습을 돌아보면서도 끝없이 되뇌게 되는 생각 하나. 그 사람을 닮고 싶다. 그리고 이제 이런저런 핑계를 대며 나약하게 굴지 않고, 스스로에게 부끄럽지 않을 '열심히'를 만들어보고 싶다는 생각.

내가 그 사람을 보며 눈물을 흘리고 싶었던 것처럼 먼 훗날, 누군가가 나를 보며 그런 열정을, 감정을 느낄 수 있을까. 나는 과연 먼 미래에 누군가의 눈물을 흘리게 할 정도로 어른이, 열정적인 사람이 될 수 있을까. 이 글을 쓰고 있는 지금 이 순간, 나는 고개를 갸웃거렸다. 내가 정말 그런 사람이 될 수 있을까, 라는 희망적인 갸웃거림 하나와 내가 어떻게 그 사람처럼 열정적일 수 있겠냐, 는 다소 냉소적인 갸웃거림 하나. 다만 지금의 나로서 강구할 수 있는 최선의 방법은 그날 그 사람의 모습을 계속해서 마음속에, 내 눈 속에 담아두는 것이다. 또다시 회피하고 싶을 때, 또다시 핑계를 대고 싶을 때, 나약하게 남 탓을 하고 싶을 때마다 꽁꽁언 얼굴로 열심히 일을 하고 있던, 열정 가득한 눈빛을 내뿜고 있던 그 사람의 기운을, 그 눈빛을 떠올리며 스스로를 다잡는 것. 그것이 지금 나에게 조금이라도 떳떳해질 수 있는, 용기를 얻을 수 있는, 열정을 내뿜을 수 있는 길이 되지 않을까 싶다.

정말 질투는
나의 힘인 걸까.

　　나의 성공을 진심으로 기뻐해 줄 사람이 몇이나 있을까 생각해본 적이 있다. 다른 말로 바꿔 이야기해보자면, 내가 얻은 기회를 진심으로 축하해주고 응원해줄 수 있는 사람은 몇이나 있을까. 머릿속에 떠오르는 얼굴들이 몇 있다. 정말 기쁜 마음을 진심으로 표현해도 나를 소위 '나대는' 사람으로 보지 않을 그런 사람. 하지만 가끔 내 예상과 다른 반응을 보였던 사람도 있었다. 나의 기회에, 내가 얻은 것에 진심이 담겨있지 않은 웃음을 억지로 지어가며 축하해주던 사람. 나는 숨기지 못한 그 사람의 표정과 마주했을 때 두 가지 마음이 들었다. 그런 표정 들키지나 말지, 라는 약간의 미움이 담긴 마음 한 가지와 사실 나도 그 마음을, 그 쓴 웃음을 잘 알고 있다는, 그래서 조금 이해가 된다는 마음 한 가지.

누군가의 성공을 정말 진심으로 기뻐할 수 있을까. 지금까지 살아오면서 진심으로 누군가를 축하해주고 기뻐해 주었던 장면들이 떠오른다. 하지만 그와 동시에 진심이 아닌 웃음으로, 미소로 기뻐해 주었던 내 모습 역시 떠오른다. 나보다 앞서 나가는 듯 보이는 사람을 바라보고 있을 때 어떠한 거짓도 없이 진심으로 응원하고 축하할 수 있는 사람은 몇이나 있을까. 가족처럼 아주 가까운 상대이거나 아니면 정반대로 잘 알지 못하는, 얼굴 정도만 아는 사람이라면 그나마도 진심으로 축하해줄 수 있지 않을까. 너무 멀리 떨어져 있어서 그 성공을, 그 기회를 조금 무뎌진 마음으로 축하해줄 수 있다는 마음속 아이러니를 품은 채. 그렇다면 너무 가깝지도, 그렇다고 너무 멀지도 않은 사람이 먼저 출발선에서 멀어지고 있다는 것을 느꼈다면, 나보다 더 좋은 기회와 결과를 얻게 될 거라는 사실을 알게 되었다면, 나는 어떤 얼굴로 그 사람을 바라보게 될까. 진심으로 기뻐하고 있을까. 아니면 차오르는 질투심을 억지로 누르며 박수를 치고 있을까.

사람들은 흔히 자신이 얻게 된 성공과 결과에 '운이 좋았어'라는 겸손한 말을 하곤 한다. 자신이 노력해서 얻은 기회나 결과라 하더라도 너무 좋은 티를 내지 않기 위해서, 혹시나 자만해 보일 것을 염려하면서 내가 얻은 기회나 결과가 너에게도 곧 찾아올 수 있을 거란 약간의 위로 섞은 말을 담은 채 내뱉는 말. *아니야, 사실 그냥 운이 좋았어.* 나의 과거를 돌아보면, 나 역시 그런 말을 한 적이 있었던 것 같다. 내가 얻은 기회가 너무 기쁘고 자랑스럽지만 혹시나 그러한 마음을, 행동을 들켰을 때 누군가의 험담 대상이 되지 않을까 두려워하면서 기쁜 마음을 애써 숨기며 내뱉었던 겸손의 말. *운이 좋았어.* 사실 그렇게 말하는 게 편하니까. 그게 맞는 것 같으니까. 많은 사람들이 그 말속에 기쁨을, 진심을 숨기니까 나 역시 그런 말을 했던 것 같다. 그리고 또 다른 이유 하나. 나를 바라보고 있는 누군가의 질투 어린 시선이 느껴져서.

사실 예전에는 누군가가 내 기회에, 성공에 질투심을 느낄 거라고 생각하지 않았다. 누군가에게 대단한 질투를 받을 만큼 기회를 얻거나 성공한 적이 없었기에 나를 질투할 일은 절대 없을 거라고 생각했었다. 하지만 그 질투라는 것은 아주 사소한 일에서도 나타날 수 있다는 걸 알게 되었다. 내가 느끼기엔 정말 별거 아닌 행운이라 생각할지라도 상대방이 느끼는 감정은 다를 수 있으니까. 그리고 아주 가끔은 질투나 시기에 마땅한 이유가 존재하지 않을 때도 있으니까. 나를 질투하고 있다는 것을 처음 알았을 때 나는 꽤나 당혹감을 느꼈던 것 같다. 하지만 그 사람의 그러한 마음을, 질투와 시기를 조금 이해하게 된 순간이 있다. 바로, 나를 통해서.

나는 사실 욕심이 많은 편이다. 갖고 싶거나 얻고 싶은 것들이 생기면 어떻게 해서든 그것을 꼭 얻으려고, 내 것으로 만들려고 하는 편이다. 아마 이러한 욕심 때문에, 이러한 욕심을 시작으로 누군가를 처음 질투하지 않았을까 싶다. 내가 갖고 싶은 것을, 진심으로 얻고 싶어 하는 것을 얻은 누군가의 모습을 바라보면서, 그 사람을 부러워하면서. 그리고 그런 질투의 마음은 내가 가진 것이 없다 느낄 때, 스스로가 조금 못나 보이고 정체되어 있다는 느낌을 받았을 때 더욱 크게 느꼈던 것 같다. 나는 아직 출발선 앞에서 서성이고 있는데 너는 벌써 저만치 앞을 가고 있구나. 앞으로 더 멀어질 수도 있겠구나, 비교하면서.

기회가 찾아왔을 때 마다하는 사람은 드물다. 특히나 내가 정말 하고 싶은 것을, 얻을 수 있는 기회가 주어진다면 하지 않겠노라 말하는 사람은 아마 없을 것이다. 되레 그 기회를 잡기 위해 적극적으로 자신을 어필하기 바쁘지 않을까. 내가 더 뛰어나다고, 내가 더 잘할 수 있다고 자신의 장점을 대변하면서. 특히 요즘 같은 무한 경쟁 사회 속에서 얻을 수 있는 기회를 박차는 사람은 극히 소수일 것이다. 그리고 솔직한 마음을 조금 더 내비쳐보자면, 그 성공의 기회가 나에게 먼저 찾아왔으면 좋겠다는 생각을 하지 않을까. 이왕이면 내 오빠보다, 이왕이면 내 언니보다, 이왕이면 내 친구보다, 이왕이면 내가 아는 그 누구보다 내가 그 기회를 먼저 갖게 되었으면 좋겠다는 솔직한 마음. 억지로 좋은 마음을 숨기며 내뱉어야 하는 '운이 좋았어'라는 말을 이왕이면 내가 먼저 내뱉었으면 좋겠다는 약간의 이기적인 생각.

고백하자면, 나는 예전보다 질투가 조금 늘은 것 같다. 아니, 사실 많이 늘었다. 낯 뜨거울 정도로 내가 질투하고 있다는 것을 느낄 때가 종종 있었으니까. 왜 예전보다 질투가 늘은 걸까. 아마 초조해져서가 아닐까 싶다. 나이가 들고 이제 나에게 다가올 기회가, 얻게 될 성공의 문이 점점 좁아지는 것을 느끼기 때문에. 그래서 누군가의 작은 행운에도 시샘의 눈길을 뻗고 있는 것이 아닐까. 그리고 그와 동시에 우연히 얻게 된 행운을 혹은 노력으로 얻게 된 일을, 그러한 기쁨을 숨기지 못하는 나를 발견할 때도 있다. 너보다 내가 더 빨리 그 행운을 얻어서, 그 기회를 얻어서, 그 대가를 받게 되어서 다행이다 안도하면서. 그런 안도감을 내뱉고 있는 나를 조금 미워하고 찌질하다 욕하면서.

어릴 적, 누군가 나에게 나보다 앞서가는 사람을, 나보다 잘 나가는 사람을 열심히 부러워하라고 다그친 적이 있었다. 그 부러움을 동력 삼아 열심히 노력하라고. 너 역시도 저 사람처럼 되고 싶다는 생각을 가지라며 나를 다그치던 사람. *너도 부럽지. 그러니까 더 노력해. 질투하는 마음을 가지란 말이야.* 질투를 강요하던 사람. 사실 어린 마음에 나는 그것이 맞는 것이라 생각했었다. 그 질투심을, 그 부러움을 동력 삼아 나를 발전시키는 것이 꽤나 논리적으로 보였다. 하지만 언제나 좋은 결과로 이어지진 않았다. 그렇게 질투를 하고 비교를 하면 할수록 스스로가 힘들다는 사실을, 괴롭다는 사실을, 하면 할수록 내가 작아지고 있다는 사실을 깨달았기에. 그렇게 억지로 다른 누군가를 질투하며 알게 된 사실 하나. 나에게 질투는 힘이 되지 않는다는 것. 그저 질투라는 것이 나를 상처 내고 더 동굴로 들어가고 싶게 만들 뿐이라는 사실을 알게 되었다.

아주 가끔 좋은 질투와 마주할 때가 있다. 누군가가 나에게 말했던 것처럼 동력을 만들어주는 그런 질투. 좋은 기운을 받게 되는 독특한 질투. 내가 너보다 더 잘났다고, 내가 너보다 더 잘 될 수 있다고 증명하기 위한 낯 뜨거운 질투가 아니라 너도 할 수 있다고 아니, 가끔은 그렇게까지 하지 않아도 된다는 격려의, 안도의 질투. 그런 기회를, 성공을, 제안을 받을 만했다고. 다 네가 노력했으니까, 여태까지 잘 살아왔으니까 그런 결과를, 행운을 얻게 된 거라는 말과 함께 조금 내비치는 나도 너처럼 되면 좋겠다는 응원 섞인 질투, 질투 섞인 응원. 그러한 질투가, 그러한 응원이 끝내 날카로운 질투의 말도, 쏘아보던 시기의 눈빛도, 속으로 넘어졌으면 좋겠다는 나쁜 생각도 녹여버릴 수 있었던 것 같다. 솔직하게 질투했다 토로하고 부러운 마음을 내비치면서도 나를 걱정해주는 듯한 애정 어린 말을 빼놓지 않고 해주었던 그 사람. 사소하지만 나 자신을 칭찬하고 싶게 만드는 위로가 담겨 있던, 응원이 담겨 있던 질투의 그 말.

나는 그런 진심 어린 질투를, 스스로를 칭찬할 수 있게 만드는 질투를 해본 적이 있는가 생각해본다. 아마 없는 것 같다. 아니, 없다. 나는 아직 질투했다 솔직하게 말하고 부럽다고, 하지만 정말 잘했다고, 다 너의 노력의 산물이라고 진심으로 말하지 못했던 것 같다. 말하는 순간마다 불쑥 질투의 마음이, 시기의 마음이 고개를 내밀곤 했으니까. 그렇다, 난 사실 속이 좁다. 이 나이가 되도록 그런 말, 그런 진심을 담아본 기억이 없으니까. 그래서 조금 노력해보려 한다. 당장 나의 질투를 눈감게 할 순 없겠지만 그 질투의 감정을, 마음을 조금 솔직하게 말해보자고 말이다. 그렇게 하나씩 말하고 표현하다 보면 언젠가 그 사람이 나에게 했던 그 질투 섞인 응원을, 응원 섞인 질투를 나도 할 수 있지 않을까 기도해보면서. 그렇게 되길 바라보면서.

왜 좋아하는 일을 하는데도
힘이 드는 걸까.

　　자신이 진짜 좋아하는 일을, 하고 싶은 일을 시작하려는 사람. 이제 막 시작한 사람 혹은 이미 내 것이 되어있는 사람은 행복할까, 궁금해질 때가 있다. 자신이 진짜 좋아하고 하고 싶은 일을 하면 힘들다는 감정을, 고통스럽다는 감정을 느끼지 않을 수 있을까. 아니, 설사 힘이 든다 하여도 그 일을 하고 있다는 그 자체만으로도 그 고통을 달게 받고 느낄 수 있을까. 사실 나는 그럴 수 있을 거라고 생각했다. 당연히 하고 싶은 일을 하기 위해 고통 따위는 견뎌낼 수 있다고, 이겨낼 수 있을 거라고 자신했었다. 하지만 요즘엔 가끔 아니, 사실은 자주 내 과거의 결심이, 다짐이 흔들릴 때가 있다.

　　나는 밥을 먹을 때 좋아하는 반찬보다 좋아하지 않는 반찬을 먼저 먹는 사람이다. 내가 좋아하는 것을, 좋아하는 맛을 제일 마지막으로 음미하고 싶은 마음으로 그렇게까지 좋아하지 않는 반찬을, 가끔은 정말 먹고 싶지 않은 반찬을 억지로 먼저 삼키는 그런 사람이다. 그래서일까. 나는 살아오면서 내가 진정 원하는 것을, 갖고 싶은 것을, 하고 싶은 것을 하기 위해선 좋아하지 않는 반찬을, 좋아하지 않는 일을 감내하는 것은 당연한 일이라고 생각했다.

좋아하는 것을 하기 위해, 하고 싶은 일을 하기 위해 지금 당장의 힘듦 따위는 버텨낼 수 있을 거라고 생각했다. 아니, 당연히 버텨내야 한다고 생각했다. 어느 책에서 읽었던, 누군가에게 들었던 이야기 속에선 언제나 그런 힘듦 따위는 선택이 아닌 필수라 말하곤 했으니까. 자신이 좋아하는 일 한 가지를 하기 위해선 싫어하는 일 아흔아홉 가지를 버텨내야 한다고들 했으니까. 그 말이 그럴듯해 보여서였을까. 나는 내가 싫어하는 일을 하는 것은, 하고 싶지 않은 일을 하는 것은 꿈을 이루기 위한 마땅한 대가라고 생각했다. 내가 하고 싶어 하는 것을, 내가 이루고 싶어 하는 꿈을 위해선 마땅히 감당해야 하는 몫이라고 생각했다.

그렇게 간신히 버티고 억지로 삼키며 꿈에, 정말 하고 싶은 일에 가까스로 한 발짝씩 다가가기 시작했다. 떨리는 마음으로 도전하며 꿈이라는 우물에 아주 살짝 내 발끝 정도만을 담근 채 삶을 지탱하며 살아가기 시작했다. 이것만 할 수 있다면 돈을 적게 벌어도 괜찮다고. 그저 할 수만 있다면, 붙어있을 수만 있다면 그것만으로도 충분히 만족한다고, 행복하다고 생각하며 비록 아주 살짝 담근 발끝이라 할지라도 무척이나 행복할 거라고, 행복하다고 생각하곤 했다. 하지만 어느 순간부터 아니, 어쩌면 이미 알고 있었지만 외면해왔던 사실 하나를 나도 모르게 입 밖으로 꺼내 놓게 된 순간이 있었다.

아주 추운 어느 날, 아는 동생의 일을 도와주고 있었다. 유난히도 추웠던 날, 야외에서 발을 동동 구르며 일을 하다 점심으로 따뜻한 순댓국을 먹고 있을 때였다. 따뜻한 국물을 연신 떠먹고 있던 그때, 나도 모르게, 숨기고 있던 내 마음속 이야기를 툭 뱉어버렸다. 짧은 문장 하나로.

"나는 내가 하고 싶은 일을 하는데 그게 왜 이렇게 힘든 건지 모르겠어. 왜 내가 좋아하는 일을 하는데도 힘이 드는 걸까. 힘드니까 그만두고 싶은데 그러기엔 이 일이 너무 좋고 재미있어."

나도 모르게 튀어나온 나의 진심이었다. 어떠한 거짓도 없는 내 진심. 내가 마음속에서 항상 싸우게 되는 내 진심이었다.

나는 이 일을 참으로 좋아한다. 왜 좋아할까, 수도 없이 생각해봤지만 언제나 이유는 딱 한 가지밖에 없었다. 어떠한 말로 열심히 꾸며보아도, 어떠한 설명을 덧붙여도 언제나 결론은 딱 한 가지뿐이었다. 그냥 좋아서. 왜 그렇게까지 좋아하는지 아무리 표현하려 해도 내 마음속에 들어있는 진심엔 언제나 좋아서, 밖에 없었다. 이미 내 마음속에 좋아한다는 마음이, 재미있다는 감정이 가득 들어차 버려서 이 일을 할 수밖에 없다고 생각했다. 하지만 그와 동시에 좋아한다는 감정만큼이나 나를 괴롭히는 감정 하나가 피어나기 시작했다. 너무 힘이 든다는 것. 너무 벅차다는 것. 하는 순간마다, 하려고 마음을 갖는 그 시간마다 힘이 들고 벅차다는 감정이 고개를 내밀곤 했다. 사실 그 힘듦을 꽤 오래 전부터 알고 있었음에도 나는 외면하고 있었다. 내가 좋아하는 것에 힘듦을 느낀다는 것이 싫어서. 좋아하기에, 그것만을 보고 달려왔기에, 나에겐 이것밖에 없다고 생각했기에 그 힘듦조차 행복하게 느껴야 한다고 생각했으니까.

좋아하는데도 너무 힘이 든다고 말을 하자 가만히 내 앞에 앉아 이야기를 듣던 동생이 말했다. 사실은 내가 했으면 좋았을 거라 생각했던 그 말을. 나는 여태까지 하기 싫은 일을 너무 많이 해왔기 때문에 이 힘든 것도 너무 즐겁고 행복하다고. 솔직히 말하자면, 나는 동생의 그 말이 부러웠다. 그 진심이 부러웠다. 힘든 것까지 행복하게 만들 수 있다는, 그 마음에 질투가 났다. 이 일을 진심으로 좋아하고 있는 것 같아서 샘이 났다. 그게 맞는 것 같아서. 그 말이 너무도 멋있어 보여서. 힘이 든다는 감정까지 행복으로 다 감싸 안을 수 있다니 부러웠다. 부러움을 느끼면서 나는 생각했다. 어쩌면 나는 하고 싶은 일을 진심으로 좋아하고 있던 게 아니었을 수도 있다고. 아니면 사실 좋아하긴 하지만 그 정도로, 힘듦을 버틸 정도로 좋아하고 있던 게 아니었을 수도 있다고.

　왜 좋아하는 일을 하는데도 힘이 드는 걸까, 혼자 생각해본다. 그렇게 하고 싶다고, 이 일이 아니면 안 된다고 다짐까지 했으면서 막상 그 일을 조금씩 시작하고 있는 지금 이 순간, 왜 나는 힘들다는 감정이 먼저 떠오르는 걸까. 내가 이 일을 너무 낭만적으로 생각했기 때문일까. 아니면 내가 그 힘듦 정도는 달게 받을 수 있는 사람이라고 스스로를 과대평가한 것일까. 그것도 아니라면 원래 좋아해도 힘이 드는 걸까. 어떠한 일을 해도, 그것이 좋아하는 일이라 하여도 힘들다는 감정은 당연할 수밖에 없는 것일까.

　사실 항상 드는 마음이었다. 내가 하고 싶어서, 좋아해서 평생 내 업으로 삼고 싶어 하는 일을 하면서도, 배우면서도 힘들다는 감정은, 벅차다는 감정은 매 순간 느꼈었다. 너무 좋은데, 하면 행복한데 그 찰나의 행복을 느끼기 위해선 그 행복의 배가 되는 힘듦과 고통을 느껴야 하는 것 같아서 겁이 났었다. 그래서 생각했다. 나는 지금 어쩌지 못함의 길에 서 있는 것이 아닐까 하고. 너무 좋은데, 하면 너무도 행복한데 그만큼 힘이 들어서. 그만큼 벅차서. 그만큼 괴로워서. 그만큼 고통스러워서. 언제나 어찌하지 못하고 발만 동동 구르고 있었다. 그렇다고 포기하면, 힘이 드니까 그만두자고 결심하면 내 눈앞에 좋아하는 것이, 하고 싶은 일

142

이 둥둥 떠다니곤 했다. 그리고 누군가가 나에게 말을 걸어오기도 했다. *너 정말 이 정도 힘들다고 그만둘 거야? 이 정도 괴롭다고 그렇게 좋아하는 일을 포기할 수 있겠어?*

나는 지금 내가 좋아하는 일과 내 힘듦의 한계, 그 경계선에 서 있다. 어쩌면 그 고통이, 그 힘듦이 내 생각보다 달지 않아서 당황했던 것일지도 모른다. 예전엔 달게 느꼈던 것 같은데, 힘들어도 좋아했던 것 같은데 나이가 들어서 내가 변한 건가 생각이 들기도 한다. 변한 걸 수도 있다. 하지만 이렇게 고민하고 괴로워하면서도 여전히 변하지 않은 것이 있다. 나는 힘이 들어도, 고통스러워도, 괴로워도 여전히 그것을, 그 일을 좋아하고 있다는 사실이다.

나는 나에 대해 잘 알고 있다고 생각했다. 하지만 또다시 내가 무엇을 좋아하는지, 어떤 생각을 하는지, 어디까지 버틸 수 있는 사람인지 궁금증이 한없이 늘어나 버렸다. 또다시 나를 찾는, 내가 좋아하는 것을 찾는, 어디까지 버틸 수 있을지에 대한 답을 찾아야 하는 시간들이 끝도 없이 이어질 테지만, 그럼에도 불구하고 확신을 가질 수 있는 사실 한 가지는 있다. 잠을 제대로 못 자도, 제대로 밥을 먹지 못해도, 자괴감에 빠지거나 누군가에게 상처를 받아도 끝내 나는 또다시 그 꿈 앞에, 하고 싶은 일 앞에, 좋아하는 것 앞에 설 수밖에 없는 사람이라는 것. 그리고 스스로를 다독이면서 하고 싶은 말 하나. 좋아해도 힘들 수 있다는 것. 힘들다는 것을 부끄럽고 창피하게 생각하지 말자는 것. 몹시 흔들리더라도, 지금보다 더 힘이 들더라도 일단 좋아하는 일을 있는 힘껏 더 좋아해 보자는 것.

우리는 평생
막연함과 싸워야 한다.

　　사람들은 무엇을 원동력 삼아 살고 있는 걸까. 무엇이
그렇게 사람들을 움직이게 만드는 것일까. 어떤 목표와 꿈, 희망
때문에 사람들은 그렇게 노력하며 사는 걸까. 쓸데없이 삶의 이유
를 계속해서 찾는 나는 사람들의 삶의 이유와 원동력을 무척 궁금
해 하곤 했다. 그러다 어느 순간부터 그 원동력이라는 것이, 삶의
이유라는 것이 그리 대단하지 않다는 걸 깨닫게 되었다. 그러한
사실을 알고 나서부터일까. 나는 계속해서 소소한 행복을 찾으며
나름 잘 살아가고 있었다. 지금 삶이 그리 나쁘지 않고 그럭저럭
살 만하니까. 가끔이지만 나를 행복하게 해주는 것들을 곁에 두
는, 그런 삶이 꽤나 좋다 느끼곤 했으니까. 그렇게 나쁘지 않은 삶
이다, 생각하며 잔잔하고 안정적인 삶을 살아가고 있던 어느 날,
불쑥 찾아온 내 마음속의 이야기에 또다시 크게 흔들리고 말았다.

요즘 나의 삶은 그리 나쁜 편은 아니었다. 아니, 나름 즐기는 중이었다. 적지만 돈도 벌고 있고, 그와 더불어 좋아하는 영화도 실컷 보고 있고, 또 새로운 취미가 생겨 이것저것 찾아보는 재미가 이만저만이 아니었기에. 그래서 좋다고 생각했다. 이 정도면 예전보다 삶을 바라보는 시선이, 삶을 대하는 태도가 굉장히 관대해졌다 느끼곤 했으니까. 그래서 나름 만족하며 하루하루를 살아가고 있었는데 불쑥불쑥 내 가슴속 깊은 곳에서 어떠한 목소리가 들리기 시작했다. 마음의 천장을 툭툭 치며 나에게 던지는 질문. *정말 계속 이렇게 살아도 되겠어? 네가 진짜 원하는 건 안 하고 있잖아*, 라는 물음. 애써 외면하고 싶었던 목소리였다. 당분간은 쳐다보고 싶지 않아서 마음속으로, 머릿속으로 계속 밀어냈던 생각이었으니까.

그 물음에 확실한 답 같은 건 찾아내지 못했지만 그저 계속 외면해왔던 일들을 하나씩 헤쳐나가 보자고 생각했다. 그래, 네가 말했던 것처럼 그만 안주하고 앞으로 나아가보겠다고. 그런 결심을 하고 나서부터 무작정 방법들을 찾기 시작했다. '나'라는 사람을 알리기 위한 작전을. 어떠한 평가와 결론이 나올지 모르겠지만 어쨌든 나름 만들어 낸 결과물을 사람들에게 알리기 위한 처절한 몸부림을 시작하기로 했다. 나름 실행에 옮겼으나, 그리고 지금도 여전히 실천해 나가고 있으나 '나'를 알리겠다는 구슬픈 몸부림을 하는 순간마다 가슴이 저릿하고 기분이 멍해지는 것을 느끼게 되었다. 너무 막연해서. 내가 하고 있는 이 모든 것이, 이 순간순간이 모두 막연해서. 내가 하고 있는 이 일이, 이 시간이, 이 순간이 과연 나에게 어떠한 결과를 안겨줄까 무서워서. 혹은 이렇게 무모하게 두드리고 처절하게 몸부림치며 '나'라는 사람이 존재한다는 걸 표현하고 있는데 그 이야기에, 그 행동에 아무런 대답도 듣지 못한다면. 그래서 그저 지금 내가 하고 있는 이 일이 '아무것도 아닌 것'이 되어버린다면. 그렇게 된다면 나는 어떻게 해야 할까. 어떤 표정을 짓고, 어떤 생각을 하며, 또다시 어떤 계획을 세워야 하는 걸까. 순간 내가 하고 있는 모든 것이 막연해지는 것을 느꼈다.

어쩌면 우리는 평생을 막연함이라는 감정과 싸워야 할지도 모른다는 생각이 들었다. 어떤 일을 하든, 어떤 사람을 만나든, 어떻게 시간을 쓰든 우리는 항상 막연해질 수밖에 없다. 지금 하고 있는 이 일이 우리에게 어떠한 영향을 끼칠지 모르기 때문에. 그래서 기대가 되고, 새롭고, 신이 나면서도 한편으론 불안하고, 슬프고, 가슴이 저릿해지는 것이지 않을까. 새로운 것을 다시 찾아 헤매며 '나'라는 존재를 처절하게 알리려고 하는 나는 기대에 차기보단 그 단계를 뛰어넘어 감당할 수 없는 두려움을, 불안함을 느끼곤 한다. 내가 지금까지, 그러니까 한때 노력해서 만들어낸 결과물이 누군가의 선택 한 번에, 누군가의 무관심 한 번에 송두리째 사라져 버릴 것 같아서. 그래서 내가 그렇게나 노력했던 결과물이, 우리가 함께 이뤄냈던 그 일이 '존재하지 않음'으로 바뀌어 버릴까 봐. 그래서 그저 허송세월을 보낸 것이 되어버릴까 봐. 문득 겁이 나 도망치고 싶어졌다. 그때의 내 노력이 사라지는 것을 보는 것보다, 누군가에게 외면당하는 것을 바라보고 있는 것보다 내 눈앞에서 그런 일이 일어나지 않게, 그래서 내가 상처받지 않게 도망치는 것이 더 나은 선택이지 않을까, 비겁한 변명을 지어내면서.

흔히들 결과보다 과정이 더 중요하다고 한다. 나 역시 결과보다 과정이 더 중요하다는 사실쯤은 잘 알고 있다. 결과가 어찌 되었건 과정 속에서 얻은 것이 많다면, 그래서 내 몸 곳곳에 그 흔적들이 남아있다면 앞으로 내가 살아갈 날에 도움이 될 수 있다는, 그럴듯한 말 정도는 나 역시도 잘 알고 있고 꽤나 많이 쓰는 말이기도 하다. 하지만 그럼에도 초조한 마음이 드는 건 어쩔 수 없다. 그래, 초조하다. 몹시도 초조하다. 잘돼야 하는데 잘되지 않으면 어떡하지. 정말 대단한 결과까지는 아니더라도 내가 한때 몹시도 열렬하게 그 일을 해나갔다는 사실이, 그 노력이 지워져 버리면 안 되는데, 매 순간 걱정이 산더미처럼 늘어나 버리곤 한다. 아무도 알지 못하는 일이라서. 아무도 알 수 없는 일이라서. 아무도 알아주지 않는 일이라서. 나는 그저 그 수많은 사람 중 한 사람이라는 사실을 너무도 잘 알고 있어서. 그 사이에 '나'라는 존재가 묻혀버릴까 봐. 존재했는지조차 모를까 봐. 그저 흘러가는 사람처럼 여겨질까 봐. 내가 계속해서 하고 있는 이 막연한 도전이 가슴 떨리도록 무섭게 다가오곤 했다.

어쩌면 나는 정말 대단한 결과를 얻고 싶은 것이 아닐 수도 있다. 물론 그런 대단한 결과를 얻게 된다면 뛸 듯이 기쁘겠지만, 그렇게 되지 않더라도 그저 인정이라도 받기를 원하는 것 같다. 인정. 그래, 바로 그 인정 말이다. 그래, 그때 너 참 열심히 살았다는 인정. 우리 그때 정말 처절했지만 해냈다는 인정. 그래서 그때 우리 참 멋있었다는, 그러한 박수를 더 받고 싶다. 나쁘진 않았다. 그래, 처음 치곤 잘 헤쳐나갔다. 떨어질 수도 있지. 그렇지만 정말 열심히 했잖아. 참 괜찮았어. 좋았어. 잘했어, 라는 따뜻한 말 한마디, 격려의 포옹 같은 걸 더 많이 받고 싶어 하는 것 같다. 앞으로 이 일을 하는 데 더 힘을 낼 수 있게. 그래서 포기하지 않고 이 얇디얇은 끈을 다시 부여잡을 수 있는 용기를 얻고 싶다.

'막연함'의 장점을 찾아봤다. 나를 이렇게나 불안에 떨게 하는 막연함. 보장되지 않은, 앞을 알 수 없는 그 막연함. 막연함에는 과연 장점이 있을까, 정말 열심히도 고민해봤다. 그러다 간신히 찾게 된 장점 하나. 어쨌든 움직이게 한다는 것이다. 두려움에 떨며 공고를 찾아보고, 메일을 보내기 전에 몇 번을 확인에 확인을 하고, 지원을 하고 난 뒤엔 언제나 씁쓸한 뒷맛을 느끼게 하지만 어찌 되었건 계속해서 무언가를 하게 만든다. 막연함이라는 것은. 당연히 낙방이 될 거라고 암시하면서도. 떨어지면 술이나 거하게 먹어버려야지, 머리카락을 확 잘라버려야지 생각하면서도. 계속해서 움직이게 만드는 힘이 분명 존재한다. 그래서 바라본다. 비나이다 비나이다 기도를 해본다. 막연함이라는 안갯속을 헤쳐나가고 있으니 흔적 하나 정도는 남게 해달라고. 그래도 정말 열심히 살았노라 어깨 정도는 토닥여달라고. 응석 같은 푸념을 늘어놓으며 오늘도 그 수많은 지원자 중 한 사람인 나는, 안개 같은 막연함에 지지 않으려 또다시 도전 버튼을 눌렀다.

PART 4

나를 애틋하게
바라보고 싶었다.

그럴 수 있지.

사람들이 하는 말을 가만히 듣고 있으면 신기하게도 각자 습관처럼 쓰는 말이 있다. 의식했건, 의식하지 못했건 사람들은 각자 자신만의 독특한 말투와 습관을 가지고 있다. 어떤 사람은 특정 단어를 빈번하게 사용하고, 어떤 사람은 특유의 톤을 가지고 있고, 또 어떤 사람은 요즘 많이들 사용하는 줄임말을 끊임없이 쓰기도 한다. 흔히들 이런 말을 한다. 말할 때 사용하는 단어에 따라 그 사람의 성향이나 성격이 보인다고. 정말 신기하게도 그렇게 느꼈던 적이 더러 있었던 것 같다. 그 사람의 겉모습에서 풍겨지는 이미지가 사용하는 말과 일치했을 때가. 간혹 생각했던 것보다 더 다정한 말투를 가진 사람을 보면 이런 생각을 하기도 했다. 그 사람이 가지고 있는 분위기가 더 배가 되는 것 같다고. 물론, 반대의 의미로 작용할 때도 있었지만. 그렇다면 나는, 이라는 생각을 하며 내가 자주 쓰고 있는 단어와 문장들을 생각해봤다.

음, 나는 일단 '사실은', '솔직히 말하면', '아, 진짜요?' 같은 말을 많이 쓰는 것 같다. '아, 진짜요?' 같은 경우는 보통 내가 지금 너의 말을 잘 경청하고 있다는 뜻과 함께, 네가 하고 있는 말의 끝이 궁금하다는 표현을 하고자 할 때 많이 사용했던 것 같다. 물론 가끔 어떻게 반응을 해야 할지 몰라서 '아, 진짜요?'라는 말을 남발하기도 했지만. 그리고 '사실은'과 '솔직히 말하면' 같은 경우는 내가 그렇게 빈번하게 사용하고 있다는 걸 알지 못하고 있었다. 전혀 의식하지 못한 채 사용하고 있다가 글을 쓰면서 알게 되었다. 나는 보통 글을 써 내려가기 시작할 때 의식의 흐름대로 쓰다 보니 세세하게 글의 분위기와 이음새를 확인하지 못하는 편이다. 그러다 어느 정도 글을 쓴 뒤 정리하기 위해 다시 찬찬히 읽어보곤 하는데 그때 알게 되었다. '사실은', '솔직히 말해서', '그러니까' 같은 말이 글 속에 많이 담겨 있다는 걸. 글을 쓸 때는 이런 말버릇을 줄여야 하는데 생각보다 쉽지가 않다.

한 번 의식하기 시작해서 그런가. 일상생활에서도 '사실 나는—' 같은 말로 이어지는 문장을 내뱉을 때마다 속으로 생각하곤 했다. *아, 이 버릇 또 나왔네.* 내가 쓰는 말버릇에 대해 생각하다 보면 다른 사람들은 어떤 말을 사용하며 살고 있을까, 로 관심이 넓어지게 된다. 보통 그 관심은 유심히 관찰하는 것으로 표현되곤 한다. 쓰는 단어로 섣불리 어떠할 것이다, 단정 짓지 말자고 다짐하곤 하지만 그럼에도 다정한 말을, 말투를 가진 사람을 보면 나도 모르게 한 번 더 시선이 간다. 그러던 어느 날, 사람들과 대화를 나누다 가슴에 꽂힌 말 하나가 있었다. 사람들이 참 흔하게 사용하는 말이지만 그날따라 새삼 따뜻함이 가득한 말처럼 다가왔던, 그 말.

"그럴 수 있지."

그럴 수 있지, 라는 말속엔 상대방에게 건네는 따뜻함이 서려 있다. 너의 잘못은 아닐 거라는 혹 너의 잘못이라 하여도 그 상황에서는 그럴 수밖에 없었을 거라는 위로가 담겨있고, 네가 생각하고 있는 그 의견이 나와는 다르지만 그것 역시 틀린 것이 아니라는 다정함이 묻어있고, 지금 흔들리고 있더라도 잘 견뎌낼 수 있을 거라는 다독임과 믿음이 서려 있다. 그럴 수 있지, 이 말이 이렇게 따뜻한 말이었다는 걸, 이렇게까지 따뜻하게 다가올 수 있다는 걸 그날, 정말 문득 깨닫게 되었다.

평소 같았으면 그냥 지나쳤을 말이었을 것이다. 아마 이미 수없이 내 옆을 지나쳐 갔을 그런 말이었을 것이다. 그래서 아예 의식조차 하지 못한 채 떠나 보냈던 말이었을 것이다. 조금은 습관처럼, 그래서 진심이 담겨 있었는지조차 생각해보지 않았을 그런 말. 그래서 어쩌면 지난 날의 나처럼 나에게 이 말을 해줬던 상대방도 습관처럼 내뱉었던 말일 수도 있다. 아, 그 당시를 곰곰이 생각해보니 왠지 습관처럼 무심하게 내뱉었던 말이었던 것 같기도 하다. 사실 그래도 상관없다. 혹 정말 그렇다 하여도 나에게만큼은 무척이나 따뜻했으니까. 그날따라 나에게만큼은 특별하게, 그래서 조금은 유별나게 들렸던 그 말. 그 말이 마음에 콕– 박혔다.

요즘의 난 말을 참 밉게 했다. 아니, 부정적인 생각과 말들이 가득했다고 말하는 게 더 정확하겠다. 부정적이었다, 모든 면에서. 모두가 나를 미워한다고 생각했다. 모두가 나를 싫어하고, 외면하고, 좋아하지 않는다고 생각했다. 사실은 내가 나를 미워하고 있었던 것이었는데. 사실은 내가 나를 좋아하지 않았던 것이었는데. 나의 문제라고 생각하지 않고 다른 누군가를 탓하기 바빴다. 지금 내 기분이 안 좋은 것이, 그냥 누군가 건드리면 눈물을 뚝뚝 흘리게 되는 것이 마치 그 사람의 탓인 양, 그것이 문제인 양 계속 화를 냈다. 없는 이유를 수도 없이 만들어가며 마치 나의 이 짜증과 화남이 정당하다는 듯 못되게 굴었다. 다 나를 싫어해, 라는 핑계를 수도 없이 만들어내면서.

그래서였을까. 나는 부정적인 말을 한가득 내뱉으며 다녔다. 하지만 꼭 그런 말을 하고 싶어서 한 건 아니었다. 누군가에게 의도적으로 상처를 주고 싶어서 그랬던 것도 아니었다. 일부러 삐딱하게 굴고 싶어서 했던 말은 더더욱 아니었다. 사실 왜 그랬는지는 잘 모르겠지만 그냥, 그냥 나도 모르게 그랬던 것 같다. 어쩌면 그냥 못되고 싶었나 보다, 심술 맞은 어린아이처럼. 그런데 또 그렇게 굴고 있는 내 모습을 보고 있자니 스스로가 꼴도 보기 싫었다. 애처럼 굴고 있는 내 모습이 한없이 한심해 보였다. 내가 이정도밖에 안 되는 사람이라는 걸, 이 정도 수준밖에 안 되는 사람이라는 걸 새삼 알게 되어서 나를 좋아할 수 없을 것 같았다. 좋아하고 싶지 않았다. 나도 나를 좋아하지 않는데 누가 나를 좋아할수 있을까, 라는 부정적인 생각까지 번질 정도로. 그런 생각을 하고 있을 때, 그런 마음을 품고 있을 때 이 말을 듣게 되었다.

"그럴 수 있지."

조금 어이없게 들릴 수도 있겠지만 괜찮다고 말해주는 것 같았다. 전후 맥락상 전혀 나에게 이러한 의미로 전해질 말이 아니었음에도 나에겐 그렇게 들렸다. 정말 묘하게도. 살다 보면 그럴수도 있지. 살다 보면 내가 싫어질 수도 있지. 살다 보면 누군가가 나를 싫어할 수도 있지. 살다 보면 누군가가 나를 좋아하지 않을 수도 있지. 살다 보면 가끔 내가 나를 좋아하지 않을 때도 있지, 라고 말해주는 것 같았다. 그렇게 묘하게 다정했던 그 말을 가슴에 새기기 위해 글을 쓰기로 했다. 글로 이 생각을 남기기로 했다. 글로 이 시끄럽고 불안한 마음을 정리해보기로 했다. 다시 부정적인 생각으로 삐뚤어지기 전에, 그래서 내가 나를 괴롭히기 전에 마음에 담아두기로 했다. 그럴 수 있지. 그럴 수 있어. 그럴 수 있겠지. 그럴 수도 있을 거야. 부정적인 말을 털어버리기 위해 되새기는 말. 욕심을 버리기 위해 다독이는 말. 미움이 스며들지 못하게 나에게 거는 주문. 그럴 수 있지.

문득 이런 생각을 했다. 나에겐 그럴 수 있지, 같은 삶의 태도가 필요한 것이 아닐까. 어떠한 일과 마주하게 되었을 때 그것이 좋은 일이건, 그렇지 못한 일이건 일단 그럴 수 있지, 를 마음에 새겨야 한다는 걸. 몇 달간 마주했던 일들 앞에 그럴 수 있지, 같은 이해의 태도가 나에겐 없었다. 그럴 수 있지, 같은 스스로를 다독이는 힘도 턱없이 부족했다. 그래서 당분간 아니, 앞으로 나의 삶의 태도는 '그럴 수 있지'로 하기로 했다. 그렇게 무심하게 나를 위로해보기로 했다. 지금 글을 쓰며 생각난 한 가지 덧이자 다짐. 문득 흘려보내는 말에도 다정함이 묻어날 수 있도록 노력해야겠다는 것. 어쩌다 이유 없이 고단함이 찾아왔을 때 아주 약간의 힘과 위로를 건넬 수 있는 사람이 되자는 것. 내가 느꼈던 것처럼 뜬금없이, 정말 느닷없이 마음에 꽂힐 수 있는 말을 할 수 있는 사람이 되어야겠다는 생각을 했다. 지금부터 노력한다면 다정한 말을 할 수 있을까. 그렇다면 지금보다 더 다정한 사람이 될 수 있을까. 그런 사람이 될 수 있기를, 누군가에게 그러한 위로를 건넬 수 있는 사람이 되길 바라본다.

　　　　누군가에게 선택받는 일은 생각보다 쉽지 않다. 아니, 확실히 어렵다. '선택'된다는 것은 내가 누군가에게 도움이 된다는 뜻이자, 내가 누군가에게 필요한 존재라는 뜻일 것이다. 그만큼 누군가에게 선택되기 위해서는 나를, 나의 쓸모를 선보여야 할 것이다. 나의 쓸모를 선보여야 한다는 현실에 가슴이 답답해지지만 그럼에도 선택받고 싶어진다. 누군가에게 선택을 받아 '나'라는 존재를 인정받고 싶어진다. 과연 내가 잘할 수 있을까. 벌써부터 걱정되는 마음이 들지만, 그래서 부담감과 중압감이 밀려오기도 하지만 그럼에도 '나'라는 존재가 꽤나 쓸모 있다는 것을 누군가를 통해 증명받고 싶다. 내가 이 세상에 필요한 존재라는 걸 누군가를 통해 확신 받고 싶다.

예전에는 이 정도까진 아니었던 것 같은데 나이가 들어가면서 인정받고 싶다는 욕구도 점점 늘어나는 것 같다. 인정받을 기회가 적어졌기 때문이기도 하지만, 나이가 어렸다면 인정받았을 일을 이젠 당연하게 해내야 한다는 걸 알고 나서부터 어린아이가 칭찬을 갈구하듯 나 역시도 그렇게 애타는 마음을 가지게 되는 것 같다. 그래, 갈구 맞다. 조금이라도 괜찮은 행동을 하면, 조금이라도 좋은 결과를 만들어내면 칭찬받고 싶었다. 그래서 끝내는 선택되고 싶었다. 너 꽤 쓸모 있구나. 앞으로 같이 계속해도 되겠는걸. 이런 말을 듣고 싶었다. 실수를 해도 한 번쯤은 그럴 수 있지, 힘내라는 위로의 말을 들을 수 있게 누군가에게 인정받고 싶었다. 이런 생각과 마음을 갖는 내가 가끔 처량해 보일 정도로.

작년 어느 날, 누군가에게 제안을 받은 적이 있다. 내가 꿈꿔왔던 일이었고 그 일이 생각보다 빨리 다가왔다고 생각했다. 제안을 받은 나는 생각이 많아졌고, 불안했으며, 어느 정도 예측했다. 과연 이 일을 잘 끝낼 수 있을까. 사실 나는 나를 잘 믿지 못하는 편이기에 하지 말라는 마음속 말이 굉장히 크고 끈질기게 나를 붙잡고 있었다. 하지만 하고 싶었다. 내가 나의 마음속 말을 외면하면서까지 하고 싶었던 이유는 단 한 가지밖에 없었다. '다음'이라는 기회가 또다시 찾아오지 않을 것 같아서. 또 오지 않으면, 또 이런 일이 생기지 않으면 내가 후회하지 않을까. 또 도망쳤다고 나를 다그치지 않을까. 그래서 하기로 했다. 일단 해보기로 했다.

그래, 안 하고 후회하는 것보다는 하고 후회하는 게 낫겠지. 나를 다독이면서 마음을 다잡기로 했었다.

하지만 야속하게도 나의 예감은 조금씩 확신으로 변해가기 시작했다. 어쩌면 정말 결과를 얻지 못할 수도 있다는 조바심이 점점 확신으로 변해가고 있었다. 어떻게든 해보겠다고 몇 달 동안 혼자 끙끙거리며 버텨봤지만, 더 이상 잡고 있는 것은 미련한 짓이라는 걸 알게 되었다. 끝내 놓을 수밖에 없다고, 끝내 놓아야 한다고 나에게 소리쳤다. 그럼에도 일을 마음에서, 손에서 쉽사리 놓지 못했다. 그렇게까지 손을 놓지 못한 이유 역시 단 한 가지밖에 없었다. 선택받았다는 걸, 인정받았다는 걸 포기하고 싶지 않아서. 누군가에게 선택받았다는 사실이, 누군가에게 인정받았다는 사실이 사라질까 봐 두려웠다. 제대로 된 선택이었을 거라고, 제대로 된 인정이었을 거라고 그저 스쳐 지나가다 찔러본 선택이 아니라 나의 실력을, 나의 재능을, 나의 쓸모를 보고 선택했던 거라고, 그렇게 인정받았던 거라고 믿고 싶어서 그 일을 쉽게 놓지 못했다. 나의 쓸모가 겨우 이 정도라는 게, 나의 쓸모가 이 정도에서 그친다는 게 나를 제일 아프게 했다. 간신히 받는데, 드디어 받았다 생각했는데 제대로 된 게 아니라서. 나를 제대로 인정받은 것 같지가 않아서 슬펐다. 끝내 내가 준비했던 몇 달간의 과정은 '없음'이 되어버린 채 '아무것도 아닌 날'이 늘어나 있을 뿐이었다.

어쩌면 나는 시작하기 전부터 알고 있었을 수도 있다. 아니, 사실은 확신을 가지고 있었던 것 같기도 하다. 이 일이 결코 잘 될 수 없다는 걸. 절대 좋은 조건이 아니라는 걸. 결과물이 그렇게 만족스럽지 않을 거라는 걸. 그럼에도 나는 했다. 후회할까 봐. 후회하는 내 모습을 또 보고 싶지 않아서. 아니, 사실은 선택되었기 때문에, 인정받았기 때문에라는 마음이 제일 컸다. 나라는 존재를 어쨌든 인정해줬으니까. 내가 나쁘지 않은 재능을 가지고 있다고 말해주는 것 같았으니까. 좋은 제안이 아니라는 걸 알고 있었음에도 그 사실이 나를 계속 붙잡아두었다. 그렇게까지 나를 선택해준 사람이 없어서, 그렇게까지 나를 인정해준 사람이 없어서 이 기회를 놓치면 선택받고 인정받은 나의 모습까지 사라져버릴까 봐. 결과가 빤히 보이는 일에 내 생각과 마음을 던졌던 것 같다.

그로부터 몇 달이 흐른 지금 그 당시를, 그 당시의 나를 돌이켜보곤 한다. 그때 내가 힘들었던 이유는 아주 다양하고 복합적이지만 명확하게 말할 수 있는 이유가 한 가지 있었다. 그저 다시 '나'로, '나의 위치'로 돌아와버린 것 같아서. 무언가 얻은 것도 없이, 이렇다 할 결과도 없이 끝내 다시 제자리로 돌아와버린 것. 그것이 나를 제일 힘들게 했다. 사실 너무 허무했다. 나의 몇 달이 날아가 버렸으니까. 나의 노력이 눈에 보이는 결과로 나타나지 않았으니까. 사실 그 일이 성사됐다고, 그 일에서 결과물을 얻어냈다고 해서 내 인생이 크게 달라지진 않았을 것이다. 하지만 그럼에도, 아주 조금이라도 바뀌길 바랐다. 빨리 결과를 얻어 나를 소개할 문장을 만들고 싶었다. '안녕하세요. 저는 OO를 하는 OOO입니다'라는 말을 하고 싶었다. 그저 몇 살에 어떤 이름을 가진 사람으로 끝나는 소개가 아니라, 나를 소개할 수 있는 설명 한 줄을 더 넣고 싶었다. 그래서 무작정 붙잡고 있었다. 끝내 삶에선 과정보단 결과를 보니까. 결과를 얻어야 나를 조금 더 괜찮은 사람으로 포장할 수 있으니까. 그래야 나를 쓸모 있는 사람으로 인정해 줄 테니까. 그래서 그 일에 집착하고 또 집착했다.

이 일을 겪으면서, 또 겪고 나서 사람들은 하나같이 나에게 말했다. *그래도 좋은 경험 했어. 분명 너에게 좋은 경험으로 남을 거야.* 나도 그렇게 생각하려 한다. 그렇게 믿으려 한다. 아니, 믿고 싶다. 비록 결과물은 얻지 못했지만 그 과정은 내 속에 녹아 들어 있을 거라고. 그리고 나의 쓸모를 누군가의 선택과 인정에서 찾지 말라는, 누군가의 말과 내 마음속 이야기를 더 귀담아듣기로 했다. 우리는 선택하는 일보다 선택되는 일 앞에 더 많이 놓이게 된다. 수많은 상황 속에서 어떠한 미안함도 없이 던져지는 누군가의 거부 의사에 나의 쓸모를 거부당하는 것 같은 느낌을 받게 된다. 아주 빈번하게. 우리는 항상 쓸모 있음을 강요받아 왔으니까. 쓸모 있는 사람이 되라는 말을 자주 듣곤 하니까. 그런 말에, 그런 쓸모에 집착하게 될 때 나 같은 일을 경험하게 되지 않을까 싶다. 사실 우리는 살아있는 그 자체만으로도 이미 충분히 쓸모를 부여

받고 있는데, 스스로가 그걸 알아차리고 인정하기까지엔 많은 시간이 필요한 것 같다. 그래서 문득 쓸모없음이 느껴질 때마다 의식적으로 생각하기로 했다. 오늘을 살아가고 있는 나에게는 이미 쓸모가 +1 추가되었다고 말이다.

어린아이처럼
울고 싶어지는 순간이 있다.

위안을 받고 싶을 때마다 찾게 되는 드라마가 있다. 2006년에 방영된 '연애시대'라는 드라마이다. 방영된 진 벌써 10년이 훌쩍 넘었지만, 이 드라마는 변함없이 나에게 어떠한 울림을 전해주곤 한다. 배우들의 연기는 말할 것도 없고, 매회 드라마 안에서 전해지는 묵직한 대사들은 가슴속 깊은 곳에 자리 잡은 채 삶의 순간순간마다 문득 떠오르곤 했다. 그렇게 떠오른 대사들은, 표정들은, 음악들은 한없이 나를 다독여주었다. 고요함을 느끼고 싶을 때, 일상의 편안함을 느끼고 싶을 때, 누군가와 멀어지는 이별의 순간에서 위안을 받고 싶을 때 그리고 바로, 지금 이 순간에도. 어린아이처럼 주저앉아 마냥 울고 싶은 지금 이 순간, 나는 드라마의 OST를 틀어놓고 침대에 누워 천장만을 바라보고 있다.

한동안 독특한 취미를 가진 적이 있다. 드라마를 틀어놓고 소리만 듣는 것이다. 드라마 속 소리만을 들으며 그 장면을, 그 감정을 상상해보는 것. 한동안 나는 거리를 다닐 때면 아이팟에 담아 놓은 '연애시대'를 틀어놓고 이어폰으로 소리만 듣곤 했다. 사실 이러한 취미가 생긴 건 아주 우연이었다. 어느 날 드라마를 보다 우연히 소리만을 듣게 되었는데, 영상과 함께 봤을 때는 전혀 들을 수 없었던 소리를 듣게 되어 자연스럽게 취미가 되었다고 해야 할까. 이 드라마에서 들려오는 모든 소리들은 이상하리만치 마음을 안정시켜주고 차분하게 만들어 준다. 이어폰에서 들려오는 대사 소리, 배경 소리, 음악 소리가 산책하는 동안 인물이 지었던 표정을, 했던 행동을, 느꼈을 법한 감정을 상상하게 만든다. 그리고 지금 내 눈앞에 펼쳐진 풍경 위에 드라마의 소리가 입혀지는 새로운 경험을 만들어 주기도 한다. 그렇게 '연애시대'는 한동안, 그리고 지금도 여전히 잔잔하고 고요한 마음 느끼고 싶을 때면 습관처럼 찾게 되는 존재가 되었다.

드라마의 주인공인 은호는 자신이 겪고 있는 일을 최대한 무덤덤하게 받아들이려고 노력한다. 자신의 흔들리는 마음을 들키지 않으려고 무던히 애를 쓴다. 마치 말해봤자 소용없다는 것을 안다는 듯이. 표현해봤자 고통스러운 건 나밖에 없다는 사실을 깨달았다는 듯이. 하지만 그렇게 담담하려고 애쓰던 은호도 무너져 내렸던 순간이 있었다. 꽉 잠겨있는 피클병을 따는, 그 순간. 자신을 둘러싸고 있는 모든 일을, 마음을, 감정을 가슴속에 꾹꾹 눌러 담으며 지내던 은호는 어느 날, 아무리 힘을 주어도 열리지 않은 피클병을 가지고 혼자 끙끙거리며 안간힘을 쓴다. 처음엔 가볍게 열리지 않는다는 마음으로 시작했던 은호의 혼잣말은 이내 모든 원망의 말로 변하기 시작했다. 모든 걸 다 가져갔으면서. 그토록 힘들게 만들었으면서. 피클병까지 내 맘대로 열지 못하게 만드는 거냐고. 그렇게 원망 섞인 혼잣말을 이어가던 은호는 끝내 벅차오르는 감정과 함께 피클병을 던져버린다. 그리고 이내 자신의 동생을 끌어안고 엉엉 소리를 내며 눈물을 쏟고 만다. 나는 이 장면을 수십 번도 넘게 봤음에도 불구하고 볼 때마다 매번 눈물을 흘렸다. 통곡하듯 엉엉 울기도, 그냥 또르르 나도 모르게 울기도, 눈동자 가득 눈물이 고인 채 울기도 하면서. 그렇게 언제나 이 장면에, 은호의 감정에 동화되곤 했다. 오늘, 이 장면을 다시 보며 생각했다. 지금 나에겐 피클병 같은 존재가 필요한 것 같다고. 피클병 같은 존재에게 나의 모든 감정을 쏟아내고 싶다고 말이다.

사람들은 어떠한 것에 불안함을 느끼게 될까. 아무래도 가장 큰 원인은 미래에 대한 불확실함이지 않을까. 이렇게 해도 되는 걸까, 질문이 한없이 늘어나게 되는 그러한 순간 말이다. 그러한 순간들과 마주하게 될 때면 손에 땀이 날 정도로 긴장을 했다. 이 선택 한 번이 앞으로의 내 미래를 좌지우지할지도 모르니까. 그렇기에 무언가를 선택하고, 그것을 확고히 할 때까지 주춤하게 되는 순간들이 점점 늘어나고 있는 것 같다. 내가 이렇게 하는 것이, 이 사람을 선택한 것이, 수없이 내린 결론들이 과연 잘한 선택인 걸까, 문득 두려움에 휩싸이기도 한다. 알 수 없는 막연함에 떨고 있을 때, 삶은 마치 작정이라도 한 것처럼 나를 뒤흔드는 말을 수도 없이 쏟아내기도 한다. 그렇게 몸 곳곳에 박혀버린 그 말들은 이내 모든 것을 내려놓고, 포기하고 싶게 만들어 버린다. 그저 주저앉아 엉엉 울어버리게 만든다. 이렇게 엉엉 울어버리면 내 마음을 조금이라도 이해해주지 않을까, 기대하면서. 두 손 두 발 다 들고 포기 선언을 외치면 이제 나를 그만 흔들지 않을까, 간절히 바라면서.

하지만 안다. 아무리 어린아이처럼 운다 해도 문제는 해결되지 않는다는 걸. 어렸을 때처럼 우는 모습을 누군가가 바라봐주지도, 이해해주지도 않는다는 걸. 어린아이처럼 주저앉아 온몸을 파르르 떨며 사정없이 운다 해도, 누군가 황급히 달려와 눈물을 닦아주는 일 따위는 이제 생기지 않는다는 걸 안다. 되레 나를 나약한 사람이라 칭하기 바쁘다는 걸. 너는 별것도 아닌 일에 눈물부터 흘리냐고. 그렇게 나약해서 앞으로 어떻게 살아갈 거냐고. 내 의지를 비난하기 바쁘다는 걸. 그 사실을 뼈저리게 깨달아서일까. 모든 것이 막연해지는 순간이 다가올 때면 나는 말 없이 마음의 문을 닫아버리고 고요함을 찾아 나섰다. 기어코 터져 나오려는 눈물을 호흡으로 다잡으면서. 이 나이에, 이 시기에 그리고 바로 지금 이 순간에, 그저 맥없이 울어버리는 건 나 자신을 무너뜨리는 것밖에 되지 않을 거라고 스스로를 다독이면서.

이 글을 쓰고 있는 지금 이 순간, 나는 담담하게 대사를 내뱉고 있는 은호의 목소리를 듣고 있다. 은호는 담담한 목소리로 나에게 이런 말을 해주는 것 같았다. 지금 이 순간이 고통스럽다 하여도 우리는 그저 그것을 버텨내며 살아가는 수밖에 없다고. 그저 진심을 다해 살아가는 방법밖에 없다고. 마음속에 일렁이는 파도들이 다시 잔잔해지기를 바라는 수밖에 없다고 말이다. 그렇다, 그저 우리가 할 수 있는 거라고는 진심을 다해 이 순간을, 앞으로의 시간을 돌파해 나가는 수밖에 없을 것이다. 그렇게 진심을 다해 버텨내다 보면 언젠가는 이 순간 역시 과거의 순간들처럼 기억이 될 테니까. 그리고 먼 훗날엔 추억이라고 부르게 될 날 또한 찾아올 테니까. 그러니 이미 주저앉아버렸다 하여도, 비록 회복이 더딜지라도 다시 훌훌 털어내고 일어나길 바란다고. 그 담담한 목소리에 담겨 있는 진심을, 나는 믿어보고 싶다.

노력하면 행운을
만들 수 있을까.

한 사람이 살아가면서 사용하게 되는 행운의 양은 얼마나 될까. 정말 살아가면서 쓸 수 있는 행운의 양은 정해져 있는 것일까. '행운'이라는 단어를 소리 내어 말해본다. 입안에 감도는 단어의 여운이 참 길다. 그 행운이라는 여운은 나를 몇 번이나 지나쳐갔을까. 그리고 앞으로 나에게 남은 행운의 양은 얼마나 될까. 내가 행운이라 믿었던 일에서 미끄러졌을 때, 끝을 알 수 없는 어둠 속에서 허우적거리고 있을 때 나는 항상 속으로 생각했다. 나에겐 아직 행운이 오지 않았어. 그러한 믿음으로 나에게도 언젠가 찾아올 행운을 하염없이 기다리곤 했다.

어릴 적, 어른들에게 많이 듣는 말 하나가 있다. 산타클로스 할아버지는 착한 일을 하는 아이에게 선물을 준다는 말. 어릴 적의 내가 정말 그 말을 믿었는지, 믿었다면 몇 살까지 믿었는지 기억나지 않는다. 다만 흐릿하게라도 예측할 수 있는 건 나 역시 다른 아이들과 다르지 않게 착한 일을 했을 거라는 것이다. 착한 일을 하면 선물이 행운처럼 다가온다는 말이 무척이나 달콤했을 테니까. 그리고 그 당시에 착한 일이라는 것은 울음을 참는 정도였을 테니까.

어느 한 일본 드라마에서 행운을 모으는 사람 아니, 정확히 말하자면 행운이 모아질 거라 믿는 사람의 이야기를 본 적이 있다. 과거, 자신의 불행은 착한 일을 하지 않았기 때문이라 여긴 인물은 자신에게 행운이 찾아오길 바라는 마음으로 착한 일을 하기 시작한다. 바닥에 떨어진 쓰레기를 줍거나, 무거운 짐을 들고 있는 할머니를 도와드리면서 인물은 착한 일을, 자신의 행운을 하나둘 모아 나갔다. 그렇게 드라마 속 인물이 너무도 당연하다는 듯, 너무나도 자연스럽게 착한 일을 하는 만큼, 착한 마음가짐을 갖는 만큼 행운이 찾아왔다. 그렇다면 나 역시도 드라마 속 인물처럼 착한 일을 한다면, 착한 마음가짐을 갖는다면 행운이 찾아올까. 그리고 그 행운을 차곡차곡 모을 수 있을까.

행운이라는 것은 무엇일까 혼자 멍하니 곱씹던 어느 날, 아는 동생과 이야기를 나누다가 이런 말이 나왔다. 그 사람은 항상 다른 사람에게 못된 말도 잘 못 하고 착해 보이더니 그래서 행운이 찾아왔나 봐. 아는 동생이 말했던 '행운이 찾아왔다'는 그 말에 나는 한동안 아무 말도 하지 못하고 멍하니 시선을 두고 있었다. 내가 부럽다 느낄 정도로 행운이 찾아왔던 그 사람은 누군가에게 나쁜 말을 하지 못했기 때문에, 순한 성격을 가졌기 때문에, 그렇게 착한 일을 했기 때문에 행운을 얻게 된 것일까. 그렇다면 나는 누군가에게 가끔 못된 말을 하고, 가끔은 상처 되는 말도 하고, 또 가끔은 무심하게 대했기 때문에 내 행운을 놓치게 된 것일까. 그래서 내 손에 들어왔다 느꼈던 그 행운도 저 멀리 떠나가 버린 것일까.

사실 고백하자면, 나는 로또를 사는 것을 좋아하지 않는다. 로또를 사는 행위는 나의 행운을 점쳐보는 일이면서, 그와 동시에 나의 행운을 뺏길 수도 있다고 생각했기 때문에. 정말 정말 만약에 그 로또가 1등에 당첨이라도 된다면 아니, 굳이 1등이 아니더라도 로또를 통해 돈을 얻게 된다면 나의 행운을 그 돈에, 그 로또에 다 써버릴 것 같아서 두려웠다. 되지도 않았으면서 쓸데없는 걱정을 한다고 생각할 수도 있지만 정말 그랬다. 나의 행운을 '로또'라는 쉬운 수단으로, 물질적인 수단으로, 노력 없이 얻게 되는 수단으로 사용하고 싶지 않았다. 그렇게 허무하게 나의 행운을 다 써버리고 싶지 않았다.

하지만 요즘 그러한 믿음에 의구심이 들기 시작했다. 내가 그토록 찾아 헤맸던, 나에게도 있을 것이라 믿었던 행운이라는 것이 정말 존재하기는 하는 것일까. 이쯤 되면 한 번 찾아올 법도 한데 그 행운이라는 것은 좀처럼 나에게 모습을 드러내지 않았다. 혹은 행운이라 믿었던 일이 결코 행운이 아니었다는 것을, 그저 상처만을 남겼다는 사실을 알게 되었을 때 나에겐 남들보다 행운의 양이, 평생 쓸 수 있는 행운의 양이 눈에 띄게 적은 것은 아닐까 생각하기도 했다.

내가 나빴기 때문일까. 내가 누군가를 미워했고, 할 말은 참지 못하고 했기 때문에 나에게 그런 행운이 찾아오지 않았던 것일까. 그렇다면 정말 아는 동생이 말했던 것처럼, 드라마 속 인물이 행동했던 것처럼 지금보다 더 착한 일을 많이 한다면, 지금보다 더 좋은 사람이 된다면, 지금보다 더 긍정적인 마음가짐을 갖게 된다면 나에게도 행운이 찾아올까. 그리고 정말 그 행운을 차곡차곡 모아서 내가 정말 원할 때, 나에게 행운이 필요한 순간에 쓸 수 있을까. 정말 그럴 수 있다면, 그것이 가능하다면 있는 힘껏 착한 일을 해보겠노라 다짐해본다. 지금보다 뭘 어떻게 더 착한 일을 해야 하는지 잘 모르겠지만 나에게 행운이라는 것이 찾아올 기회가 그 방법밖에 없다면, 노력을 해서 행운을 얻을 수 있다면 어떻게 해야 하는지 방법조차 모르는 그 착한 일을 하고 싶다.

세상의 행운이 멀어지는 것 같은 순간. 그와 동시에 세상의 모든 불행이 나에게 다가오고 있다 느껴지는 순간. 그냥 맥없이 넘어지게 되는 순간. 열심히 달려가던 길에서 목적지가 사라졌다 느껴지는 순간. 남들이 얻게 되는 행운이 한없이 부럽게 느껴지는 순간. 행운이라는 것이 지금 딱 이 타이밍에 찾아와줬으면 좋겠다고 느껴지는, 그 순간. 언제나 그랬던 것처럼 행운은 쉽사리 나를 찾아오지 않았다. 찾아오지 않는 행운을 원망하면서도 나는 여전히 마음속으로 바라고 있다. 지금 이 고통을 아주 달게 견뎌낼 테니 어딘가에 차곡차곡 모아져 있을 나의 행운이 아주 큰 파도처럼 나를 덮쳐주었으면 좋겠다고. 그런 행운이 진짜 존재하고 있는지 알 순 없지만 어딘가에 있을 거라, 언젠가 찾아올 것이라 믿고 싶다.

더 이상
눈치 보지 않기로 했다.

　　　　과연 사람들의 시선에서 자유로울 수 있을까. 항상 고
민하는 부분이긴 했지만 요즘 들어 나의 주된 고민이 되어 버렸
다. 사람들의 시선에서 자유로워지는 것. 그래서 더 이상 눈치를
보지 않는 것. 속마음을 알 수 없는 시선에, 눈빛에 상처받지 않는
것. 두려워하지 않는 것. 이 생각들이 요즘 나에게 걸고 있는 주문
이다. 사람들의 마음을 상상하지 않는 것. 과잉 해석을 해서 쓸데
없이 눈치를 보지 않는 것. 언제나 사람들을 만나러 가기 전에, 집
을 나서기 전에 되뇌곤 한다. 오늘은 절대 과잉 해석을 하지 말자.
하지만 이러한 나의 다짐은 번번이 실패로 돌아가곤 했다.

　　사실 누군가에게 미움받는 것에 익숙한 사람도, 좋아하는 사
람도 없을 것이다. 대부분의 사람들은 누군가에게 좋은 사람이 되
고 싶지 별로인 사람, 나쁜 사람이 되고 싶지 않을 테니까. 나 역시

그랬다. 그리고 여전히 그렇다. 물론 무조건적으로 좋은 사람이 되고 싶은 것은 아니다. 하지만 어느 정도 안면이 있는 사람, 나와 친한 사람, 그래서 내가 좋아하는 사람들에게 좋은 사람으로 남고 싶은 욕심은 언제나 가지고 있다. 내 사람만 챙기자, 항상 다짐을 하지만 그 다짐을 지켜내는 게 생각보다 쉽지 않다. 나름 마이웨이를 걷고 있다고 생각하는데 아니, 그렇게 생각했는데 요즘 내가 하는 행동을 보고 있으면 전혀 그렇지 않다는 걸 깨닫게 된다.

친한 동생에게 고민을 털어놓은 적이 있다. 아무래도 내가 말실수를 한 것 같다고 말이다. 얼마 전, 어느 정도 안면이 있는 사람에게 무언가를 부탁했었다. 그 사람은 부탁을 승낙해줬고 나는 고마워서 작은 선물과 함께 짧은 손편지를 써서 전해주었다. 나름 선물을 챙겨줬다는 것에 뿌듯함을 느끼고 있었는데 갑자기 문득 내가 쓴 손편지의 내용이 떠올랐다. 갑자기 그것에 생각이 꽂혀 내가 어떻게 썼더라, 곰곰이 편지의 내용을 더듬고 있었는데 생각하면 할수록 편지를 잘못 썼다는 생각이 들었다. 하지만 이미 편지는 전해졌고 얼마 뒤, 그 사람에게 고맙다는 말까지 들었지만 이상하게도 계속 그 편지의 내용이 떠올라 마음이 불편했다. 혼자서 며칠을 끙끙거리고 있다가 아는 동생에게 불안한 표정을 지으며 그때 있었던 상황과 마음을 털어놓았다. 아는 동생은 내 말을 가만히 듣다가 이렇게 말했다. 그렇게까지 신경 쓸 정도로 잘못된 말은 아니니까 너무 마음 쓸 필요 없다고. 그 사람은 전혀 그렇게 생각하지 않을 거라고 말이다. 내가 또 괜히 너무 예민했다고 나름 결론을 내리긴 했지만, 지금 이 글을 쓰면서도 계속 그 편지의 내용이 떠올라 여전히 마음이 불편한 것이 사실이다.

그때부터, 그러니까 내가 뭔가 잘못한 것 같다는 스스로의 자책을 시작으로 그 사람의 눈치를, 그리고 더 나아가 그곳에서 빈번하게 마주치는 사람들의 눈치를 보기 시작했다. 사실 그렇게까지 신경을 쓸 필요는 없었다. 그리고 나 역시 그 사실을 잘 알고 있었다. 그 누구도 신경 쓰지 않는다는 걸. 그렇게 신경 쓸 정도로 잘못 쓴 글도 아니었다는 걸. 일단 그 사람은 나의 마음에 고마워했다. 그리고 무엇보다 주변 사람들은 이런 일이 있었다는 그 자체를 모르고 있을 가능성이 100% 아니, 200% 정도 될 것이다. 그런데도 나는 이러고 있다. 그래, 내가 쓴 그 손편지의 내용이 맘에 들지 않아서 이러는 걸 수도 있다. 아침이라 제정신이 아니어서 헛소리를 적었다 자책하고 있으니까. 하지만 사실 따지고 보면 그렇게 헛소리도 아니었다. 그저 단어 선택이 조금 잘못됐을 뿐이지. 그 사실을 알고 있음에도 불구하고 나는 그 이후로 뭔가 사람들을 더 조심스럽게 대하기 시작했다. 혹시나 그 손편지처럼 실수를 하게 될까 봐. 사실 내가 예민하고 소심하기 때문에 별거 아닌 일에 지레 겁을 먹고 이런 자기검열을 시작한 것일 수도 있다. 아는 동생이 말했던 것처럼 내가 쓴 그 손편지에는 정말 별말이 담겨있지 않았으니까. 그런데도 왜 두려워할까. 혹시 내가 없는 곳에서 나를 비난하고 있을까 봐. 그래서 그 말이 누군가에게 전해져 사람들이 나를 싫어하게 될까 봐 잔뜩 겁을 먹고 있는 것일까.

사실 다 안다. 모든 사람이 다 나를 좋아할 수 없다는 거. 그 사실은 나만 봐도 알 수 있는 일이니까. 나 역시도 좋아하는 사람과 싫어하는 사람이 명확히 존재하니까. 그래서 분명 알고 있다. 나도 누군가에게 이유 없이 미움을 받을 수도 있고 아주 작은 일에 비난을 받을 수도 있다는 걸. 그렇게 알고 있음에도, 그 사실을 인정하고 마음을 놓으려 해도 좀처럼 내 맘대로 되지가 않는다. 나를 좋아하지 않을 수 있다고, 나를 싫어할 수도 있다고 수십 번도 넘게 되뇌며 그 사실을 인정해보려 하지만 좀처럼 무덤덤해지거나 웃으며 넘기는 단계까지 도달하지 못하고 있다. 아닌 척 행동은 하지만, 무덤덤한 척 연기는 하지만 여전히 마음이 쓰이는 단계라고 해야 할까. 아니다, 그 정도면 아직 어떠한 단계도 도달했다 말할 수 없을 것 같다.

이렇게 사람들의 눈치를 보는 것은 어쩌면 나의 상상에서 비롯된 일일 수도 있다. 아니, 생각해보면 열에 여덟 정도는 내가 만들어낸 상상에서부터 시작되었던 것 같다. 아주 작은 행동과 눈빛에, 말투에 괜히 신경이 쓰이고 거기에 상상력을 가미해서 만들어 낸 내 상상 속의 미움. 내 미움의 존재는 보통 이렇게 시작되었다. 누군가에게 미움을 받고 있다는 의심이 시작되었던 순간들은 언제나 이러했다. 참 아이러니하게도 정말 눈에 띄게 나를 차별하거나 나를 싫어한다는 것을 강하게 표출하는 사람에겐 되레 무덤덤하게 행동했던 것 같다. 대체적으로 그렇게 행동했던 사람들은 정말 이유 없이 나라는 존재를 싫어해서 나 역시도 그 사람을 싫어하게 된 경우가 많았으니까. 나도 그 사람이 싫고 그 사람도 나를 싫어하니 이상하게 마음이 편했다. 그러나 내가 어느 정도 좋아하는 마음을 가지고 있고 잘 지내고 싶다는, 좋은 사람으로 보이고 싶다는 욕심을 부리기 시작하는 관계 앞에선 언제나 불안에 떨었던 것 같다. 평소엔 안 그랬는데 오늘따라 말투가 차갑다든가. 평소엔 안 그랬는데 오늘따라 말이 없다든가. 그래서 나를 피한다는 느낌이 들 때. 그런 느낌이 정말 문득 느껴질 때. 그럴 땐 덜컥 겁이 났다. 혹시 내가 이 사람한테 뭐 잘못한 게 있나. 내가 혹시 무슨 실수를 했나. 저번에 내가 했던 말이 기분이 나빴나. 별거 아닌 행동과 말투에 혼자 의미 부여를 하면서 없는 이유를 찾아 헤맸다.

이렇게 쓰고 나니 뭘까. 스스로를 참 피곤하게 만든다는 생각이 들기도 한다. 참 쓸데없이 인생을 피곤하게 살고 있는 것 같기도 하고. 쓸데없이 예민해서 더 상처받을 궁리를 하고 있는 것 같기도 하다. 하지만 내가 미움받을까 봐, 그래서 상처받을까 봐 전전긍긍하고 있을 때 느꼈던 것이 하나 있다. 내 주변 사람들도 나와 별반 다르지 않다는 것이다. 미움받을까 봐 두려워지면, 그래서 눈치를 보게 되면 자연스럽게 사람들을 많이 바라보게 된다.

이 사람의 마음이 어떨지 궁금해지니까. 그렇게 미움을 받고 있는 게 아닐까 두려워하며 바라봤던 내 주변 사람들의 눈빛과 행동들은 나와 무척 닮아있었다. 누군가의 눈을 한동안 바라본다거나, 최대한 단어를 고르고 골라 말을 건넨다거나, 친근하게 하지만 조심스럽게 다가가는 것까지. 내가 누군가의 눈치를 보며 했던 행동들을 그 사람 역시 하고 있다는 걸 발견하게 되었다.

이상한 마음일 수도 있지만 그 사실을, 다른 사람들도 나와 같은 마음이라는 사실을 내 눈으로 직접 확인하고 나니 조금 안도감이 생기고 위로가 되었다. 나만 바보처럼 사람들 눈치를 보고 있는 것이 아니라는 사실에 조금 다행이다 생각하기도 했다. 나이를 먹을수록 조금 더 대담해지고 있다고, 그래서 드디어 내가 사람들의 시선에서 조금 자유로워졌다고 기뻐했는데 요즘 내 상태를 보면 다시 원점으로 돌아왔다는 걸 아니, 사실은 바뀐 게 아니라 그런 척했다는 걸 새삼 깨닫게 되었다.

끝내 그렇게 눈치를 본다는 것은, 미움받을까 봐 누군가를 조금 더 조심스럽게 대한다는 것은 나만큼 타인을 배려한다는 뜻일 수도 있다. 누군가에게 미움받고 상처받는 것이 얼마나 아픈 일인지 누구보다 잘 알고 있다는 뜻일 테니까. 얼마나 괴로운 일인지 알고 있다는 뜻일 테니까. 그러니까 내가 상처받지 않기 위해 하는 자기검열은, 다른 사람을 배려해서 나 같은 상처를 받지 않게 하기 위한 일이라 말할 수도 있을 것 같다. 이렇게 풀어서 생각해보니, 내가 누군가의 눈치를 보는 것이 그리 나쁜 일만은 아닐 거라는 생각이 든다. 하지만 그럼에도 나는 더 이상 눈치를 보지 않을 생각이다. 누군가를 배려하고 착한 사람이, 좋은 사람이 되기 위해 내 마음을 불편하게 만드는 일은 이제 하지 않으려 한다. 누군가에게 상처 주지 않기 위해 내가 받은 상처를 침묵하게 되는 경우를 더 이상 만들지 않을 것이다. 그래서 오늘도 다짐해본다. 이제 더 이상 눈치 보지 않겠다고. 그래서 더 이상 상처받지 않겠다고. 그러기 위해 미움받는 연습을 더 열심히 해보겠다고 말이다.

사람이 사람을
완벽하게 이해할 수 있을까.

     과연, 사람은 내가 아닌 누군가를 완벽하게 이해할 수 있을까. 그 사람이 했던 행동, 말, 지었던 표정, 눈빛까지 그 사람이 나에게 그렇게 행동했던 이유를, 그렇게 행동할 수밖에 없었던 이유를 끝없이 만들며 이해해보려 하지만, 그것은 언제나 맘처럼 쉽지가 않다. 이해하고 싶어서 아니, 사실은 이해가 잘 되지 않지만 그 사람을 놓고 싶지 않아서 꾸역꾸역 이해시키던 마음들이 어느 순간 다시 의문 가득한 물음표를 토해낼 때가 생겨나곤 했다. 어떻게 해야 이해할 수 있는 걸까. 아니, 어쩌면 애초에 이해가 되지 않는 일이었던 것일까. 그렇게까지 이해가 되지 않는 일이라면 이해하는 것을 놓아버려야 하는 걸까. 손때 묻은 물건 하나도 쉽게 버리지 못하는 내가 과연 그것을 잘 놓아버릴 수 있을까.

요즘 내가 제일 고민하고 있는 것이 한 가지 있다. 누군가를 쉽게 좋아하지 못하는 것이다. 도통 쉽게 좋아지지가 않는다. 그것이 이성이든, 동성이든 내 마음을 보여주는 것도, 마음을 나눠갖는 것도 시간이 지날수록 점점 더 어려워지고 있다. 원래부터 사람과 관계 맺는 것을 쉽다고 생각하는 편은 아니었지만 갈수록 더 힘들어지니 만나서 이야기를 나누는 것이, 그렇게 내 마음을 보여주는 것이 가끔은 버겁다 느껴질 때가 있다. 사람에게 실망할까 봐 그런 걸까. 아니면 그 사람은 나와 마음이 같지 않을 것 같다는 생각이 들어서 그런 것일까. 마음의 무게라는 것이, 마음의 크기라는 것이 언제나 서로 같을 수만은 없을 것이다. 내가 더 좋아하고 싶어서 마음을 내주는 경우도 있고, 그 사람이 나를 조금 더 아껴주는 것 같아 마음을 여는 경우도 있으니 말이다. 그렇게 마음을 열고, 관계를 맺으면서 차츰 '내 사람'이라고 말할 수 있는 사람들이 하나둘 늘어나는 것이겠지. 그래, 내 사람이라 말할 수 있는 사람. 알 수 없는 마음을 추리해가며 맞춰가는 관계가 아니라 굳이 찾지 않아도, 어렵게 추리하지 않아도 마음을 다 열어서 보여주는, 그런 관계.

나는 살아가면서 '내 사람'이라고 말할 수 있는 사람을 더 많이 만들 수 있을 줄 알았다. 살아가면서 무수한 사람들을 만나게 될 테니, 그중 '나와 마음 맞는 사람'을 당연하게도 많이 갖게 될 거라고 생각했었다. 그래서 함께 우리의 시간을 나눌 수 있을 거라 생각했다. 하지만 내 바람과는 다르게 시간이 지날수록, 많은 사람들을 만나면 만날수록 느끼게 된다. 나와 비슷한 사람, 나와 마음 맞는 사람을 만나는 것은 결코 쉬운 일이, 당연한 일이 아니라는 것을 말이다. 혹 마음이 맞았다 생각했는데, 나와 닮았다고 생각했는데 알면 알수록 더욱 물음표가 늘어나는 시간이, 의도를 알수 없는 행동으로 나를 상처 주는 나날들이 차곡차곡 늘어날 뿐이었다.

사람은 사람에게 상처를 줄 수 있다. 사람은 사람에게 상처를 받을 수도 있다. 살아가면서 의도하든, 의도하지 않았든 사람은 사람에게 상처 줄 수 있다. 사소한 상처일 수도, 아니면 회복하기까지 많은 시간이 필요한 상처일 수도 있다. 혹은 상처라 생각하지 않는데 쌓이고 보니 어느새 큰 상처가 되기도 한다. 그렇게 사람의 상처는 여러 가지 모습으로 다가온다. 그렇기에 무방비하게 상처를 받을 수도 있고, 상처가 덧날 수도 있고, 흔적도, 존재감도 없이 어느새 내 마음 한구석에 자리잡고 있을 수도 있다. 내가 알지 못하는 사이에 받은, 혹은 받을 거라는 걸 짐작하고 있었지만 끝내 피하지 못하고 받게 돼버린 그 상처를 훌훌 털어버리는 일은, 이해라는 말로 포용하는 일은 언제나 어려운 숙제 같았다.

사람에게 상처받지 않고 살아온 사람이 과연 있을까. 작든 크든 사람은 상처를 받을 수밖에 없을 것이다. 그리고 그것을 회복하기까지 사람마다, 상처의 크기에 따라 각자 다른 시간이 필요할 것이다. 부럽다 느껴질 정도로 빨리 회복하는 사람이 있는 반면에, 유난스럽다 느껴질 정도로 쉽게 회복하지 못하는 사람도 있기 마련이니까. 나는 아마 후자에 속하는 사람이지 않을까 싶다. 사실 나도 빠르게 회복하고 싶은데, 이제 상처가 아니고 좋은 경험이었다 말하고 싶은데 그 상처를 마주해야 하는 순간들이 다가올 때면 언제나 마음처럼 쿨한 말이 나오지 못했다. 나는 그럴 때마다 나를 탓하기 바빴다. 왜 아직도 그러니, 바보처럼. 뭐 그리 큰일이었다고 아직도 그것을 벗어나지 못하니 참 못난 사람, 약한 사람, 애 같은 사람이라 말하며 억지로 그 상황을, 그 사람을 이해하려 들기 바빴다.

　나 역시 그런 적이 있으니까. 그런 적이 있었을 테니까. 그 사람을 이해해야 한다고, 쿨하게 웃으며 받아줘야 한다고 스스로에게 최면을 걸곤 했다. 그래도 잘해줬으니까. 나를 위해줬으니까. 나를 도와주겠다는 선한 마음에서 시작되었던 것이니까. 다 이해해야 한다고, 이해할 수 있다고 싫어지는 마음을 붙잡아 보려 애썼다. 하지만 나에게 잘해줬고, 좋았던 점들보다 나를 바라보던 표정이, 그 말투가, 그때의 분위기가 다시금 떠올라 이내 미소가 사라지고 만다. 사람의 마음은 참 간사하다. 그동안 좋은 감정으로, 좋은 마음으로 참 괜찮은 사람이라고 생각했었는데 이렇게 한 순간에 마음이 돌아서다니 내 마음이 당황스러울 지경이었다.

그런 생각을 거듭해 나갈수록 끝내 떠오르는 말은, 떠오르는 마음은 이것뿐이었다. 그래, 차라리 그냥 내가 그것 하나도 쉽게 이해하지 못하는 속 좁고 못난, 치졸한 나쁜 년이 되는 게 편하겠다. 너에게는 아니, 어쩌면 생각보다 꽤 많은 사람들에게 나는 그저 나쁜 년으로, 그저 이해심 없는 예민한 사람으로 남아버릴 수 있겠다는 나쁜 가정을 해버리고 만다. 이해를 하기보단, 이해를 바라기보단, 상처를 없었던 것처럼 외면하기보단, 지워 버리기보단 그냥 상처 그대로, 아직 회복되지 않은 상처 그대로 내 마음을 표현하고 싶을 때가 있다. 그래, 이런 내가 그냥 나야. 나는 이것밖에 안 되는 별수 없는 사람인걸.

　　어쩌면 내가 이렇게까지 스스로를 이해시키려 노력하고 있는 것은 그만큼 그 사람에게, 너에게 마음을 줘버렸기 때문이라는 생각이 든다. 마음을 주었다고 생각하지 않았는데, 마음을 주었어도 이렇게까지 많이 주지 않았다고 생각했는데 그렇지 않아서, 생각보다 준 마음이 커서 이렇게 상처가, 섭섭함이, 아픔이, 당황스러움이, 미움이, 비난이, 슬픔이, 눈물이 더 크게 느껴지는 것일 수도 있다. 그래서 주지 않으려고 하나보다, 요즘의 나는. 나의 마음을. 누군가에게 마음을 주면 되돌아오는 감정이 그리 좋지 않았어서, 섭섭함이 커져버려서, 그래서 상처가 나고 미운 마음이 커져서 누군가를 좋아하는 게 쉽지 않아졌나 보다. 어떻게든 다시 그 사람을, 너를 이해시키면, 억지로 소화시키면 다시 누군가를 좋아하게 될까. 그렇게 될 수 있을까.

　과연, 이해할 수 있는 날이 오기는 할까. 내가 그 상황이었다면, 네가 그 상황이었다면 더 손쉽게 이해할 수 있었을까. 대화가 부족해서, 마음이 부족해서, 주어진 상황이 좋지 않아서 이해하지 못하고 있는 것일까. 만약 대화가, 마음이, 주어진 상황이 그렇지 않았다면 이해할 수 있었을까. 아니, 사실 어쩌면 그저 놓아주는 것이, 놓아주는 것만이 방법인 것은 아닐까. 너와 나의 관계는 딱 이 정도였던 것일까. 그것을 인정하는 것도, 부정하는 것도, 마음을 그대로 두는 것도, 마음을 접는 것도 그 무엇 하나 쉬운 것이 없다.

나를 애틋하게
바라보고 싶었다.

　　　　이번에 찾아온 우울감, 같은 것은 정말 지독하리만치
내 곁을 떠나지 않고 있었다. 어떠한 수단과 방법을 다 동원해보
아도 전혀 소용이 없었다. 그래서 꽤나 당황스러웠고, 또 그만큼
내 마음이 참 난처했다. 어디 한번 제대로 붙어보자고 결투 신청
을 하는 것처럼 우울감이 나를 연신 놀려대기 바빴다. 그래서 생
각했다. 그래, 누가 이기나 해보자. 그렇게 두 팔을 걷어 올리며
내가 생각하고 있는, 짐작하고 있는 우울감의 원인들을 마구 쏟아
내기 시작했다. 이왕 결투를 신청했으니 그래, 어디 한번 화끈하
게 싸워보자는 심보로 이유의, 이유의, 이유를 찾아 나서기 시작
한 것이다. 나의 자존감이 이렇게까지 무참히 떨어지는 이유에 대
해서. 자존감을 쉽사리 회복하지 못하는 이유에 대해서.

나는 자존감의 영역이 아주 넓고, 다양하다고 생각하는 편이다. 어디까지나 '나'라는 사람에 한정하여 말할 수밖에 없겠지만. 나는, 그러니까 지금까지 살아오면서 경험했던 나의 자존감은 단순하게 한 가지로 정의내릴 수 있는 것이 아니었다. 조각조각 파티션이 나뉘어 각자의 영역을 가진 채 가끔은 사이좋게, 하지만 대부분은 서로의 영역을 침범하려고 무수히 다투면서 존재하고 있었다. 어느 날은 썩 괜찮은 자존감이 벼랑 끝에 서 있는 자존감에게 먼저 손을 내밀어 이끌어주기도 했고, 어느 날은 사이좋게 잡고 있던 손을 뿌리치며 자신이 떨어지려고 했던 벼랑 끝에 썩 괜찮은 자존감을 밀어버리는 불상사가 생기기도 했다. 그렇게 서로 영역 싸움을 하듯이 수도 없이 싸우고 화해하며, 내 자존감은 연신 들쑥날쑥하기 일쑤였다. 그래도 지금까지의 전적으로 미루어보았을 때, 썩 괜찮은 자존감의 따스함이 항상 우세한 편이었다. 그래서 나 역시도 언제나 그 따스함이 조금 더디더라도 먼저 손을 내밀어줄 거라 믿으며 꿋꿋이 버텨내곤 했었다. 그러나 이번엔 둘 중 누구의 문제인지 모르겠으나, 드물게도 우울한 자존감이 계속해서 연승을 해나가고 있는 듯했다.

그래서 생각했다. 이건 좀 비상사태인 것 같다고. 어쩌면 이러다가 썩 괜찮은 자존감의 따스함마저 영영 잃어버리게 될지도 모른다는 두려움이 싹트기 시작했다. 그래서 이유의, 이유의, 이유를 찾았던 것에서 한 발자국 더 안으로 들어가 아주 근본적인 문제를 건드려 보기로 했다. 겁이 나 제대로 바라보지도 못했던 그 곳에 용기 내어 다가가 보기로 했다. 내 진심에 대해. 내가 나를 어떻게 생각하고 있는지에 대해. 곁가지 같은 이유 말고 네가 진짜 하고 싶은 말이 무엇인지에 대해 도망치지 않고 제대로 이야기를 나눌 수 있는 면담 같은 것을 신청해보기로 한 것이다. 이 개인 면담은 내가 가장 최근에 겪은 일에 대한 감정으로 시작해, 내가 알고 있는 태초의 기억으로까지 깊게 들어가게 만들었다. 과거로, 과거로 끊임없이 들어가다 문득 내가 외면하고 있던 어떠한 사실에 당면하게 되었다.

나를 조금만 더 사랑해줘. 나를 조금만 더 바라봐 줘. 다른 사람을 이해하는 만큼 나도 이해해줘. 다른 사람을 배려하는 만큼 내 마음도, 내 감정도 배려해줘. 어둡고 깊은, 어느 곳에서 나의 자존감은 이렇게 간절히 외치고 있었다. 너의 자존감을 갉아먹어 버리겠다는 악의적인 마음이 아니었다며 애처롭게 구걸을 하고 있었다. 단지, 지금보다 나를 조금만 더 애틋하게 봐달라는 신호를 보낸 것뿐이라고 고백하고 있었다. 이미 과거가 된 아이를 탓하지 말아 달라고 부탁을 하고 있었다. 사실 나는, 나의 우울감과 마주하게 될 때면 지금의 내 모습이 아니라 과거의 내 모습과 마주하곤 했다. 제대로 말 한번 못 해보고 벌벌 떨고만 있던 나를. 바보처럼 연신 넘어지기만 하던 못난 나를. 이유도 모른 채 무작정 도망치기 바빴던, 지난날의 나를 끊임없이 소환하곤 했다. 과

거의 나를 앞에 두고 지금의 실패와 잘못은 모두 너의 잘못이라고 다그치면서. *너 때문이야, 모두. 네가 못났기 때문에 지금도 그럴 수밖에 없는 거야. 너만 없었다면, 그때 그렇게 도망치지만 않았더라면 내가 이렇게까지 바보가 되진 않았을 텐데.* 어린 나에게, 이미 상처받아 울고 있는 나에게 번번이 더 큰 상처를 주곤 했다. 그러다 문득 죄책감이 들 때면, 비겁하게 방관하고 있던 썩 괜찮은 자존감이 나타나 뒤늦게 수습을 하곤 했다. *그래도 뭐, 나는 네가 그리 나쁜 애라고 생각하지 않아. 힘내.* 지금까지 했던 채찍질이 마치 정당했다는 듯이, 모두 너를 위해서였다는 듯이 혼자 아름답게 마무리를 짓곤 했다. 상처받은 어린 나를, 위선적인 마음으로 안아주면서.

그렇게 당연하게 방치해두었던 나를, 과거 속에 존재하고 있는 어린 나를, 구석에 몸을 웅크린 채 숨죽여 울고 있는 어린 나를 뒤늦게 발견하게 되었다. 한없이 처량한 모습으로 내 앞에 앉아있는, 너를. 내가 이렇게까지 많은 상처를 주었다는 게 믿기지 않았다. 아니, 믿을 수 없었다. 단지 더 열심히 살라고 충고한 것이 전부였던 것 같은데. 그저 도망치지 말라고 꾸짖었던 것이 전부였던 것 같은데. 몸과 마음 곳곳에 난 생채기를 확인하게 되자 알 수 없는 감정이 울컥하고 치밀어올랐다. 여기저기 긁히고 찢긴 마음을 매만지며 태어나서 한 번도 해본 적 없는 생각을 하게 되었다. 나를 애틋하게 바라보고 싶어졌다는 것. 나를 진심으로 사랑하고 싶어졌다는 것.

사실 나는 나를 수도 없이 연민하고 싶었다. 아니, 사실은 수도 없이 연민해왔다. 모난데 멍청하기까지 해서 번번이 넘어지기만 하는, 한심한 나 자신을 그 누구보다 애틋하게 바라보며 연민해왔다. 아무도 모르게, 조용히. 나조차 모르게, 나지막이. 마치 알려지면 큰일이라도 난다는 듯이 나는 나를 아주 조용히 연민해왔고, 또 그만큼 사랑해왔다. 하지만 그런 마음과 함께, 연민하는 나 자신을 한심한 눈초리로 바라보곤 했었다. 바보 같아, 스스로를 연민하다니. 스스로를 썩 괜찮은 사람이라고 칭하다니. 언제나 냉소적인 시선으로 나를 바라보며 사랑하는 마음을 밀어내기 급급했다. 나 자신을 사랑하는 것이 맞는 것일까, 끝없이 의심하며 연민하고 있는 나를 매몰차게 밀어내곤 했다. 계속해서 밀려나게 된 연민이라는 감정은 무척이나 소심해서 내가 나를 연민하면 안 되는구나, 라는 생각을 하게 만들어 버렸다. 그렇게 연민이라는 감정은 애초에 존재하지도 않았다는 듯이 번번이, 흔적도 없이 사라지기를 반복했다.

　그렇게 나는 이유도 모른 채 번번이 나를 밀어내기 바빴고, 또 그만큼 사랑해주지 못했다. 끝도 없이 나를 부정했고, 또 그만큼 나를 폄하하며 상처 내기 급급했다. 네까짓 게 무슨, 이라는 말을 습관처럼 내뱉으면서. 처절하게 부정당하며 나에게 사랑받지 못한 나는, 사랑받지 못한 내 자존감은 끝내 벼랑 끝에 아슬아슬하게 매달려 마지막 기회라는 듯 애처롭게 소리치기 시작했다. 제발 나를 사랑해달라고. 조금은 사랑해줘도 괜찮다고. 분명 그 말을 들었음에도 나는 고개를 돌리지 않았다. 아니, 돌릴 수 없었다. 그 아이와 눈을 마주칠 자신이 없어서. 냉정하리만치 사랑을 주지 않았다는 것을 너무나도 잘 알고 있어서. 여태껏 외면해왔다는 사실에 미안해져서 도저히 바라볼 용기가 나지 않았다. 그리고 바라본다 한들, 과연 내가 제대로 된 사랑을 줄 수나 있을까 의심스러웠다. 괜히 대책 없이 바라봤다 또다시 상처를 주지 않을까 겁이 났다. 하지만 마지막 기회라는 듯 처절하게 외치고 있는 그 아이를 더 이상 외면할 자신이 없어 용기를 내보기로 했다. 혹 지금이라도 괜찮다면, 여태껏 주지 못한 사랑을 정말 있는 힘껏 주고 싶다고 생각했다. 미련 맞게 반항 한 번 해보지 못하고 상처받기만 한 어린 나에게 진심을 다해 이 말만은 꼭 전해주고 싶었다. 사실 나도 무척이나 너를 걱정하며, 내내 사랑하고 있었다고. 그 누구보다 너를 애틋하게 바라보고 있었다고.

PART 5

잠시, 지금 이 순간을
좋아해도 되는 걸까.

나에게
관심을 가져주는 너에게

　　사람들은 대화를 나눈다. 아주 다양한 사람들과 아주 많은 대화를. 그러나 그 대화들이 공허하다 느껴지는 순간들이 있다. 분명 누군가와 끊임없이 이야기를 나누고 있는데 '소통' 하고 있다는 느낌이 들지 않을 때. 그래서 이야기를 나누면 나눌수록 마음이 허해지는 기분을 느끼게 되는 순간. 그러한 느낌과 마주할 때면 어김없이, 언제나처럼 내가 하는 행동이 하나 있다. 바로, 입을 닫고 듣는 것이다. 그러니까 대화를 나누다 보면 당연히 말하는 사람과 듣는 사람이 존재하겠지만 정말로 끝도 없이 들어주기만 한다. 가끔 추임새도 넣어가면서. 그렇게 나를 충전시키는 대화가 아니라 그저 듣기만 하면, 그래서 누군가의 감정이 내 몸과 마음에 덕지덕지 묻어버렸다 느껴질 때면 새삼 깨닫게 된다. 나의 이야기를 들어주던, 나에게 관심을 가져주던 그 사람이 참 고마운 존재였다는 것을.

우리는 앞으로 얼마만큼의 대화를 나누며 살아가게 될까. 정말 필요에 의해 나누게 되는, 비교적 사무적인 대화. 다수 속에서 도태되지 않기 위해 필사적으로 나누는, 조금은 애달픈 대화. 친분 관계를 가지고 있으나 일방적으로 듣기만 하는, 그래서 받아내야만 하는 대화. 그리고 내가 가장 좋아하는, 쌍방의 대화. 내가 느끼는 대화의 종류는 대략 이러하다. 나름의 기준으로 나뉘어 있는 이 대화의 유형에 따라 나의 태도 역시 굉장히 다르다. 평소에 뚱하다는 소리를 많이 듣는 내 표정을 최대한 지우고 미소를 머금으려 노력하는 대화에선 언제나 나는 네, 네, 네, 하기 바쁘다. 아, 라는 말도 많이 한다. 아, 그렇구나. 아, 그래요. 아, 그럴 수도 있겠다. 나도 모르게 습관처럼 반응을 하고 있는 내 모습이 당황스러울 정도로.

사실 예전에는 잘 몰랐다. 사람들과는 원래 이렇게 대화를 나누는 건 줄 알았다. 사람들은 언제나 말을 하고 나는 듣고. 성인이 되고 많은 사람들에 둘러싸여 '나'라는 존재를 조금이라도 내보이기 위해 해내야 했던 대화를 조금 당연하게 받아들였다고 해야 할까. 나는 사교성이 그리 좋은 편이 아니다. 비슷한 말이겠지만 사회성 역시 그리 좋지 못하다. 특히나 막 성인이 되었던 나는 더 그러했다. 요즘은 나이가 들어서 그런가 예전보다 조금 요령이 생겼다. 사람들을 대하는 것에. 나름 피하는 법도 터득한 것 같고. 하지만 어렸을 때는 정말 사람들의 대화에 장단 맞추기 급급했다. 그런 대화를 나누고 난 뒤면 언제나 혼자 터벅터벅 길을 걷다 집 앞에 있는 편의점을 찾아 시원한 탄산음료를 벌컥벌컥 마시곤 했다. 혼잣말을 하면서. *아, 나는 아직 사람에 적응하려면 멀었나 보다.* 하지만 다행히 이젠 안다. 그건 대화라기보단 듣기 평가였다는 걸.

내가 가장 좋아하는, 그래서 많은 사람들과 나누길 바라는, 소통을 하고 있구나 느껴지게 만드는 대화. 누구나 한 번쯤 아니, 나와 잘 맞고 좋은 사람을 옆에 두고 있는 사람이라면 분명 아주 많이 느꼈을 그 감정. 나를 바라보고 있구나. 나에게 관심을 쏟고 있구나 느껴지게 하는 눈빛, 말투, 행동과 목소리. 나의 과거를 기억해 주는 사람. 나의 어제를 궁금해 해주는 사람. 그래서 오늘의 나와 내일의 나도 궁금해 해줄 그런 사람. 그런 사람과 대화를 나누면 마음이 편안해진다. 그래서 이상하게도 나른해진다. 몸과 마음이. 그런 사람을 만나면. 나를 놓는다고 해야 할까. 아니다, 정확히는 나를 놓게 만드는 것 같다. 나의 어떠한 모습을 보여주어도 다 받아주고 이해해주는 사람이라서. 그런 사람이라는 걸 알고 있어서, 믿고 있어서 나의 모든 걸 말할 수 있는 사람. 그래서 너의 이야기도 다 들을 수 있는, 그런 대화.

사실 생각해보면, 내가 이 사람과 대화를 나누고 있구나 느껴지게 만드는 포인트는 아주 단순하다. 바로, 관심이다. 나에게 관심을 가지고 있는가, 없는가. 나의 이야기를 들어줄 준비가 되었는가, 되어있지 않은가. 그래서 나는 처음 보는 사람과 대화를 나눌 때, 그러니까 아직 친하지 않은데 이야기를 나눌 기회가 계속 생겨날 때 그 사람이 가지고 있는 대화법을 유심히 관찰하는 편이다. 관찰이라고 말하니 유심히 바라보며 추리를 할 것 같지만 결코 그렇지 않다. 그저 듣는다. 그 사람의 이야기를. 그리고 반응한다. 그리고 그 사람에게 질문을 던진다. 그러면 그 사람은 자신의 이야기를 계속 늘어놓게 된다. 그리고 또 듣는다. 그리고 기다린다. 나에게 질문을 하는지. 그 사람은 나, 라는 사람을 궁금해 하는지. 나름 내가 터득한 나만의 방법 같은 거라고 말할 수 있는데 여기서 나에게 질문을 하는 사람들은, 질문을 했던 사람들은 대체적으로 나와 연을 오래 이어 나갔던 것 같다. 그러니까 나를, 나라는 사람을 궁금해 하며 나에게 질문을 던졌던 사람들과는 언제나 긴 대화를 조금 편안한 마음으로 나눌 수 있었다.

그러나 그렇지 않은, 나에게 질문을 던지지 않았던 사람들과의 대화에선 언제나 듣는 이와 말하는 이가 정해져 있었다. 이미 눈치챘겠지만 나는 언제나 듣는 이의 위치에 있었다. 내 이야기를 하지 않고 그 사람의 이야기만을 알게 되는 관계가 되어버린다고 해야 하나. 내가 모난 성격을 가지고 있어서 그런지 모르겠지만, 나는 나를 궁금해 하지 않는 사람에게 나의 이야기를 잘 꺼내 놓지 않는 편이다. 그래서 더욱 관계가 협소해지고 있는지도 모르겠지만. 물론, 노력해봤다. 나에게 관심을 가져주길. 나를 궁금해 해주길. 그래서 나의 이야기를 들어주길. 그러나 처음 느꼈던 그러한 느낌은, 알 수 없는 벽은 내가 아무리 노력한다고 해도 쉽게 바뀌지 않았다. 그들은 나의 이야기보다 자신의 이야기에 더 초점을 맞춰놓고 있어서. 그래서 당연하게도 자신의 이야기에 더 관심을 갖고 들어주길 바랐다.

사실 그렇다. 사람은 언제나 누군가에게 관심을 받길 원한다. 그건 당연한 일이라고 생각한다. 우리는 사회적 동물이니까. 그래서 아주 조금이라도 누군가 나에게 관심을 가져주면, 질문을 던져주면 기분이 좋아진다. 나를 궁금해 하다니, 라는 생각을 하게 되니까. 그래서일까. 듣는 입장이었던 대화 속에서 나는 사람들의 이러한 감정을 참 많이 느꼈었다. 당연하게도 나는 그들의 이야기를 잘 알고 있고 이야기를 나누며 그들의 감정까지 공유했으니, 자연스레 묻게 된다. 그때 말했던 그 일은 어떻게 됐어. 이렇게 질문을 던질 때마다 반응들이 하나같이 똑같았다. 환하게 웃으며 물어봐줘서 고맙다는 듯 신이 난 얼굴로 자신의 이야기를 마구 쏟아내곤 했으니까. 그러한 모습을 보며 처음으로 느끼게 되었다. 그들의 얼굴을 보며, 표정을 보며, 마음을 보며. 아, 이렇게 들어주기만 하는 대화도 그리 나쁘지만은 않구나. 어쨌든 누군가의 삶을 들을 기회가 주어지는 거니까.

그래서 또 역으로 생각했다. 그리고 고마워졌다. 나의 이야기를 잘 들어주던, 지금까지 잘 들어주고 있는 몇몇의 내 사람에게. 나에게 무던히도 관심을 가져주던 그대에게. 나의 슬픔에 함께 눈물을 흘려줬던 너에게. 요즘 계속 낯선 이와 마주해야 하는 상황에 놓여서일까. 나를 궁금해 하는 사람이 없다는 걸 알게 돼서일까. 새삼 내 사람의 따뜻함을 뼈저리게 느끼고 있다. 얼마나 사려깊게 나의 이야기를 들어주었는지. 그러니까 이 글은 일종의 감사 편지라고 말할 수 있을 것 같다. 나를 궁금해 해주고 오늘의 나는 어땠는지 질문을 던져주는 그대에게 보내는 고마움의 편지. 그러니까 앞으로 더 잘하겠다는 일종의 아부. 그래서 앞으로도 우리 대화다운 대화를 나누자는 부탁의 말. 그대도 있을 것이다. 이 글을 읽으며 떠오른 사람이. 무던히도 고개를 끄덕이며 그대의 이야기를 들어주던 그 사람. 떠올랐다면, 계속 떠오르고 있다면, 그래서 그때 대화를 나누며 퍼져나갔던 마음의 따뜻함이 느껴졌다면 우리는 나름 성공적인 대화를 나누며 살아가고 있는 것 아닐까.

돈에 구애받지 않고
사는 삶

     돈에 얽매여 사는 삶만큼 멋없는 삶도 없다고 생각한 적이 있다. 더 많은 돈에, 물질적인 것에 집착하면 할수록 분명 그에 상응하는 수많은 결핍이 동반될 거라고 자신한 적이 있었다. 그렇기에 언제나 삶을 살아감에 있어 돈보다 가치에 더 집중하자고 다짐하곤 했다. 돈에 휘둘리지 않는 삶을 살자고 말이다. 나름 지금까지 그렇게 살아왔던 것 같다. 일단 확실히 말할 수 있는 건, 나는 여태까지 많은 돈을 가져본 적이 없다. 비슷한 말이겠지만, 많은 돈을 벌기 위해 노력하지도 않았다. 물론, 내 능력이 부족한 탓도 있겠지만. 어찌 되었건, 다행인지 불행인지 나는 지금껏 큰돈을 만져보지도 못했고, 만져볼 생각조차 하지 않았다. 하지만 요즘 들어 가끔 이러한 생각을 하게 된다. 내가 언제까지 이러한 신념을, 나와의 약속을 지킬 수 있을까. 나는 언제까지 돈, 이라는 것을 먼발치에서 바라볼 수 있을까.

내가 이렇게 비교적 돈에 집착하지 않고 살 수 있었던 건 아마도 부모님의 덕이 크지 않을까 싶다. 성인이 되면서부터 용돈 받는 일은 거의 없어졌지만, 여전히 함께 살면서 의식주를 해결하고 있으니 말이다. 살아감에 있어 기본적으로 갖춰야 할 것을 감사하게도 부모님을 통해 받고 있으니, 사실 나의 돈 씀씀이만 잘 관리한다면 돈에 쪼들리는 일은 거의 없었던 것 같다. 이쯤 해서 나의 평균적인 지출 내역을 고백해보자면, 교통비와 식비 등이 포함된 생활비, 커피값, 쇼핑, 학원비, 문화생활비 그리고 아주 가끔 충동적으로 구매하게 되는 자잘한 것들이 대부분이라고 말할 수 있다. 옷을 좋아하긴 하지만 쇼핑은 즐기는 편이 아니다 보니, 계절이 바뀔 때 한두 벌 정도만 사서 평소에 갖고 있는 옷과 매치해 입는다. 혼자 카페에 가는 걸 좋아해서 커피 값이 제일 많이 나가는데, 이 부분은 그때그때 주머니 사정에 따라 조절하곤 한다. 그 외에 책이나 영화 티켓, 영화 굿즈 등이 가끔 예상보다 큰 지출을 차지하긴 하지만, 그것도 다시 채워 넣을 수 있는 수준에 한해서 썼던 것 같다. 최근에 좋아하는 밴드가 생겨 덕질 비용이 조금 늘었지만, 역시 줄어드는 통장의 숫자들을 바라보며 스스로를 진정시키고 있다.

나는 항상 이 정도의 수준으로 살아왔던 것 같다. 크게 사치를 부릴 만한 취미도 없고, 사치를 부리고 싶은 마음도 없고, 사실 요즘 문화생활에 사용하고 있는 돈이 내 나름대로는 사치인지라, 부려봤자 항상 이 정도에 머물렀다. 조금 풀어서 이야기해 보자면, 나는 큰 문제가 생기지 않는 한 앞으로도 쭉 이렇게 살 것이고, 만약 계속 이러한 삶이 유지가 된다면 살아가는 데에 큰 문제 또한 없을 것이다. 아마도. 하지만 이 아마도, 에 들어가는 변수들은 너무나도 많고, 다양하며, 복합적이다. 우선, 부모님의 경제활동 변화에 따라 생기게 되는 변수들이 있을 것이고, 그 말의 연장선상으로 나의 경제활동의 변화 역시 생길 수도 있을 것이다. 현재 안정적인 직장을 가지고 있지 않은 나는, 어쩌면 당연하게도 경제활동의 변수가 제일 먼저 찾아오지 않을까 짐작해본다. 그리고 세월에 따른 경제 수준의 차이가 서서히 생기기 시작할 것이다. 다행인지 불행인지 현재 내 주변 사람들은 나와 비슷한 경제 수준을 가지고 있는데, 아마도 세월이 흐르면서 그 격차가 점점 눈에 띄게 벌어질 것이다. 내가 갑작스럽게 엄청난 성공과 명예를 얻게 되지 않는 한, 나는 아마도 그 격차의 밑바닥에서 삶을 유지하고 있지 않을까 싶다.

글쎄, 그게 나쁜 것일까. 물론, 돈이 없어 내가 자주 한심해 보일 것이고, 또 그만큼 자괴감에 빠지게 될 것이며, 또 그만큼 스스로를 탓하게 되겠지만 생각해보면 내가 나쁜 짓을 저지르고 있는 것은 아니니 말이다. 스스로에게 죄를 짓고 있다 말한다면 할 말은 없지만. 큰 욕심 부리지 않고 살겠다, 그저 나 한 명 먹여 살릴 수 있을 정도로만 살겠다고 스스로와 협상을 해놓은 상태라면 무조건 나쁘다, 게으르다 섣불리 판단하기엔 다소 오류가 있지 않을까 싶다. 각자 추구하는 가치가 다를 수도 있다는, 변명 아닌 변명을 해보면서. 그러나 사람들과의 비교에서는 결코 자유로울 수 없으리라 짐작된다. 지금도, 가끔은 누군가의 삶과 나의 삶을 비교하곤 하니까. 그 사람이 가지고 있는 경제력과 나의 경제력을 빈번하게 비교하며 말이다.

내 경제 수준을 미리 고백해놨으니 아마 예상했겠지만, 나는 자가용이 없다. 물론, 집도 없다. 모아놓은 돈은 있으나 자립하기에는 턱없이 부족한 돈이고, 이 나이쯤 되면 으레 작은 거라도 갖게 되는 명품 하나 없다. 사실 필요하지 않았다. 애초에 없었던 것이니 사실 불편한 줄도 모르고 살아왔던 것 같다. 아직까지는. 그래, 아직까지는 그것을 갖고 있지 않다는 것이 창피하지도, 불편하지도 않다. 그러나 가끔 이런 생각을 하긴 한다. 과연 내가 언제까지 창피하지 않을 수 있을까. 나를 바라보는 그들의 시선을 언제까지 떳떳하게 마주할 수 있을까. 그리고 나는 언제까지 그들을 부러워하지 않을 수 있을까. 언제까지 질투의 감정을 느끼지 않고 살수 있을까. 지금도 빈번하게 누군가를, 무언가를 질투하며 부러워하는 내가 과연 언제까지 이 마음을 지키며 살아갈 수 있을까.

다소 역설적으로 느껴질 수도 있겠으나, 사실 나는 물욕이 조금 있는 편이다. 그러니까 무언가를 소유하고자 하는 욕구를 갖고 있는 사람이다. 뭐, 사실 속세를 벗어나지 않는 이상 어느 정도의 물욕은 갖기 마련일 것이다. 나 역시도 딱 그 정도의 물욕을 가지고 있다는, 변명 아닌 변명을 해본다. 내가 가지고 있는 물욕은 보통 굿즈에 관련된 것들이 대부분인데 생긴 게 조금 귀엽거나, 내가 좋아하는 영화 혹은 좋아하는 밴드의 이름으로 만들어진 제품 같은, 한번 기회를 놓치면 쉽게 구하지 못하는 것들에 조금 욕망을 가지고 있는 편이다. 이러한 물욕도 물론 나의 주머니 사정을 고려하며 사모으고 있지만, 가끔은 무리해서라도 갖고 싶다는 강한 욕망과 마주할 때가 있다. 비싸도 이건 무조건 소유해야겠다, 같은 마음이랄까. 그러한 마음과 마주할 때면 생각하게 된다. 지금은 단순히 굿즈로 물욕을 채우고 있지만, 내가 지금보다 더 나이가 들어 보는 시야가 넓어지게 되면 누군가의 멋들어진 차를, 누군가의 그럴듯한 집을, 좋아 보이는 옷을 탐하지 않을 수 있을까. 아무리 지금의 내가 관심 없다고 한들, 나중에도 그럴 수 있다 자신할 수 있을까. 이렇게, 물욕적인 내가.

그 정도의 나이가 되면 으레 가져야 할, 필수처럼 느껴지는 것들 앞에 과연 나는 초라함을 느끼지 않을 수 있을까. 그들이 말하는 돈의 단위 앞에 소외감을 느끼지 않을 수 있을까. 불안해하지 않을 수 있을까. 나에겐 그보다 더 소중하고 중요한 가치가 있다며 자랑스럽게 말할 수 있을까. 그 물음에 답하기까지 나는 꽤나 고심했고, 많이 망설였으며, 스스로를 자주 의심했다. 그리고 떠오른 생각은 아직 겪어보지 않아 잘 모르겠다는, 무책임한 생각뿐이었다. 글쎄, 잘 모르겠다. 내가 과연 질투하지 않을 수 있을지. 그 소외감을 떳떳하게 이겨낼 수 있을지. 분명 나름 노력하며 살아왔을 내 삶이, 누군가의 경제력과 비교당하며 무시받지는 않을지. 다만, 어렴풋이라도 짐작할 수 있는 사실은 한 가지 있다. 아직 닥치지 않은 일 때문에 내가 가지고 있는 이 신념을 버릴 일은 없을 거라는 것이다. 아직까지는 돈보다 내가 좋아하는 일에 부딪혀보겠다는 의지가 강하니까. 많은 돈을 준다고 하여도 내가 좋아하는 것과 맞바꿀 생각이 들지 않으니까. 무척이나 철없고 무책임한 말이겠으나 이 고질적인 신념을 벗 삼아, 이 마음을 핑계 삼아 아마도 나는 나에 대한 투자를 계속 이어나가지 않을까 싶다.

거절에
태연해질 수 있을까.

　　우리는 살아가면서 거절을 몇 번이나 받게 될까. 아마 너무 많아서, 수도 없이 차고 넘쳐서 몇 번인지 숫자를 세는 일은 거의 불가능하지 않을까 싶다. 사소한 약속 거절부터 시작해서, 내가 간곡히 원하던 일에서의 거절까지 내가 여태까지 살아온 삶에서 거절, 이라는 걸 몇 번이나 받아봤던 걸까 곰곰이 떠올려보았다. 내 인생을 뒤흔들 만큼 나를 힘들게 만들었던 거절들을. 그리고 앞으로도 수도 없이 받게 될 거절들도. 생각하면 숨을 헙-하고 쉬어야 할 만큼 가슴이 갑갑해지곤 한다. 그때의 나는 그 일을 어떻게 버텨냈던가. 그때의 나는 그 일을 어떤 표정으로 맞이하고 또 어떤 표정으로 내보냈던 걸까. 누군가에게, 무언가에 거절당하는 일은 아무리 연습해도, 많이 겪었다 하더라도 태연하게 받아들이기가 역시 쉽지 않다.

내 생애에서 가장 큰 거절, 이라고 한다면 아마 대입이지 않을까 싶다. 그때는 대학에 큰 의미를 두지 않았던 터라 친구들에 비해 대학이라는 것에, 학벌이라는 것에 조금 무덤덤한 편이었다. 아니, 그때를 돌이켜보면 어떻게 그렇게까지 무덤덤할 수 있었을까 싶을 정도로 대학에 관심이 없었다. 그래서 시험을 준비하고, 보러 다닐 때도 굉장히 막연하기만 했다. 나의 이십 대가, 나의 대학 생활이. 그런데 또 역설적이게도 마음속으로는 '에이, 설마'라는 생각을 갖고 있었다. '에이, 설마 안 되겠어. 에이, 설마 진짜 떨어지겠어'라는 굉장히 무책임한 생각을 하곤 했었다. 그때는 다 될 줄 알았다. 당연히 그렇게 될 줄 알았다. 내가 예상했던 대로, 내가 꿈꿨던 대로 세상이 돌아갈 줄 알았다. 세상이 이렇게 호락호락하지 않다는 사실을 몰랐던 시절이었기에. 그래서 조금은 무덤덤한 상태로 첫 거절을 맞이했다. 글쎄, 처음엔 생각보다 아무렇지 않았다. 지금 겪고 있는 이 삶이 진짜 현실인가, 꿈인가 생각하며 대학을 다녔던 것 같다. 하지만 시간이 지날수록 깨닫게 되었다. 나의 무지함과 무책임함의 결과에 대해서.

거절, 에도 무게가 있다는 생각이 들었다. 그 무게라는 것은 내가 마음을 얼마나 주었는가로 잴 수 있지 않을까 싶다. 내가 당했던 수많은 거절 중에 내가 정말 힘들어했고, 그래서 많이 허우적거렸던 거절들은 다른 어떠한 것보다 더 많이 열망했고, 희망했으며, 좋아했던 것들이 대부분이었으니까. 그래서 간절함에 믿지도 않는 하느님을 찾고, 평소에 안 하던 기도를 드리며 결과가 나올 때까지 연신 초조한 마음으로 기다리고, 기다리고, 또 기다렸다. 그러다 내가 거절당했다는 사실을 알게 되었을 때. 얼굴도, 이름도, 목소리도 모르는 사람에게 나를 부정당한 기분은 정말 상상 이상이었다. 그 사람에게 욕을 하고 싶을 만큼, 누군가를 끝없이 탓하고 싶을 만큼 힘들었다. 왜, 라는 물음을 시작으로 하루에 열 번도 넘게 감정이 들쭉날쭉했다. 그 물음의 모든 문제는 언제나 '나'로 시작되었다가 '나'로 끝이 났다.

그때 내가 조금 더 열심히 했더라면, 그때 조금 더 욕심을 부려 완벽을 추구했더라면, 그때 그 순간을 포기하지 않고 참았더라면 조금은 다른 결말에 가닿을 수 있지 않았을까. 또 한번 기회를 놓친 나는, 또 한번 기대했던 일에서 처참히 무너져버린 나는 그렇게 또다시 거절당한 나를 탓하기 바빴다. 거절에 태연해질 수 없다는 걸 알면서도 나름 살기 위해, 버텨내기 위해 생각해낸 나만의 방법 같은 것이 하나 있다. 이걸 방법이라고 말하기엔 좀 거창한 것 같긴 하지만. 하나, 바닥을 치고 올라오는 것. 바닥, 이라 함은 나의 마음의 끝이라고 해야 하나. 나는 사실 이 방법을 가장 많이 쓰는 편인데, 간단히 말하자면 계속 우울해 하는 것이다. 더 정확히 말하면 우울만 하는 것이 아니라 울면서 화도 내고, 욕도 하고, 짜증도 내고, 멍하게 있다가, 무언가를 끝없이 먹거나 아닌 척 마구 웃거나 하는, 그런 짓을 하는 것이다. 아마 다들 경험해 본 적이 있지 않을까 싶지만.

　나는 비교적 나를 객관화시켜서 보는 걸 좋아하는 편인데, 최근 내가 무척이나 간절하게 원했던 것에 거절당했을 때 내가 했던 아주 인상적인 행동 두 가지가 있었다. 커피를 마시다 운 것과 무언가를 계속 입 속에 집어넣는 것이다. 나는 술을 즐기는 편이 아니다 보니 보통 친구를 만나게 되면 카페를 자주 간다. 그러다 카페인에 취했는지, 정신을 놓았는지 커피를 마시다 뜬금없이 눈물을 흘렸었다. 이렇게 한순간에 울 수가 있나 스스로가 신기할 만큼. 그리고 참 끝도 없이 먹었다. 영화 〈곡성〉에서 '뭣이 중헌디'를 외치던 어린 소녀의 먹성 버금가게 그렇게 음식을 입 속으로 마구 넣었다. 그것도 한 번에 왕창 많이 먹는 것이 아니라 가방에 초콜릿과 젤리, 사탕, 과자들을 채워놓고 돌아다니며 생각날 때마다 부스럭 부스럭거리며 혼자 야금야금 먹곤 했다. 내가 이렇게까지 먹는 데에는 아마 두 가지 이유가 있을 것이다. 하나는 호르몬 때문일 것이고, 또 다른 하나는 마음이 공허해서 일 것이다. 요즘의 나는 후자에 가깝다. 무언가 비어있는 것 같은 마음에, 나라는 존재가 쓸모없는 것 같은 마음에, 그래서 그 마음을 채우고 싶은 마음에 그렇게 음식을 사다 놓고 먹었던 것이다. 무엇이든 채우려고. 나를 거절하고 거부했던 그 사람에, 그것에 다치지 않으려고 끊임없이 채워 넣기 바빴다.

그리고 또 하나의 방법. 자기 최면. 이건 사실 좀 자뻑이 필요한 방법이라고 말할 수 있을 것 같은데 기본 베이스는 이러하다. 나를 거절한 너를 거절하며 나를 거절한 너는 분명 후회할 것이다, 라는 약간의 저주가 섞인 마음. 당신이 뭔데 나를 거절할 수 있죠. 당신이 '나'라는 사람의 가치를 얼마나 안다고 그 짧은 순간에 나를 판단할 수 있죠. 당신이 봤던 그것은 나의 아주 작은 단면일 텐데 나의 잠재력을 알지도 못하면서 어떻게 나에게 거절을 표할 수 있죠, 라는 마음이랄까. 나를 놓친, 나를 알아보지 못한 당신은 분명 후회하게 될 거라는, 뭐 그런 생각을 담는 거다. 그들은 정말 나의 잠재력을, '나'라는 사람의 가치를 단 한순간으로 판단해낼 수 있을까. 나 역시 '나'라는 사람의 가치와 잠재력을 거의 삼십 년이 다 되도록 여전히 알지 못하고 있는데, 이제 조금씩 알아가고 있는 것 같은데 어떻게 그 사람들은 나의 가치와 잠재력을 단 몇 분으로, 단 몇 시간으로 판단할 수 있는 걸까. 그래, 물론 기준이 있을 것이다. 그들이 생각하는 잠재력을 가지고 있는, 좋은 가치를 품고 있는 사람을 찾아내는 기준이. 그리고 아마 사람마다 다를 것이다. 가치를 따지는 그 기준이. 누군가는 성실함을 볼 수도, 누군가는 책임감을 볼 수도, 누군가는 창의력을 볼 수도, 또 누군가는 사람이 뿜어내는 에너지를 기준으로 삼을 수 있다. 그래서, 더 어렵다. 그 사람들의 기준을 맞추기가. 나는 그 사람이 어떠한 기준으로 나를 판단할지 모르기 때문에 나의 이 다양하고 복잡한 모습들 중 어떤 모습을 보여주어야 할지 판단이 서지 않아서 매번 멍청하게 부딪히고 상처받기만을 반복하고 있는 것이 아닐까.

　아, 쓰면서 생각난 또 다른 방법 하나가 있다. 바로, 기대하지 않는 것. 내가 하는 모든 일에 기대를 품지 않는 것. 기대가 없으면 마음의 동요도 없고 그러면 상처받을 일도 없을 테니까. 끝내 모든 것은 기대에서 시작되는 일일 테니까. 나를 좋아해주지 않을까, 라는 기대. 나를 좋게 평가해주지 않을까, 라는 기대. 그래서 나를 뽑아주지 않을까, 라는 기대. 그런 기대감만 놓아버려도 모든 것이 한결 편해지지 않을까. 그러면 상처받을 일도 없지 않을까. 그러나 또 반대로 생각해보면 기대가 없다는 건, 그 무엇에도 흥미를 가지지 못한다는 뜻일 수도 있겠다. 애초에 기대를 하지 않으면, 그래서 그 일에 흥미 자체를 느끼지 못하면 가뜩이나 게으른 나는 아예 시도조차 하지 않을 것이다. 아무것도 하지 않아 정말 원하던 대로 아무 일도 일어나지 않을 것이다. 그렇게 된다면 아마 지금 이 상태 그대로 쭉− 삶을 살아갈 것이다. 아무런 기대도 없이, 그렇게 아무런 변화도 없이.

　올해 초, 한 수업에서 만나게 된 선생님께 나름 치열하게, 그래서 상처투성이 같은 나의 작품을 보여드린 적이 있었다. 그때 선생님은 이런 말씀을 하셨다. 어쨌든 부딪혀서 좌절도 해보고 상처도 나보고 그런 것들도 경험해봐야 된다고. 무섭다고, 자신이 없다고 만들어 놓은 걸 그저 묵혀두기만 해서는 안 된다고. 어쨌든 떨어져도 보고, 외면도 당해보고, 무시도 당해 보면서 일어나는 법도 배워야 한다고. 그러한 것이 삶이라고. '나'라는 존재를 알리지 않으면 아무도 '나'라는 존재를 알 수 없다고. 무시당하고 외면당해도 '나'라는 존재를 부단히 보여주며 두드려야 한다고. 그러니까 더 이상 주저하지 말고 핑계 대지 말고 '나'라는 사람을 내보이라고 말이다.

나는 생각했다. 아직 사람들에게 보여주지도 않았는데 벌써부터 상처받을 것을 대비하라고 하는 걸까. 아직 결과도 나오지 않았는데 벌써 거절당할 걸 대비하라고 하는 걸까. 내 작품이 그리도 별로인 건가 소심하게 입을 삐죽 내밀며 생각했다. 참 웃기게도 내가 거절을 당해 눈물을 쏟고 있을 때, 선생님이 해주셨던 말이 떠올랐다. 이래서, 이럴까 봐 그렇게 말씀해주셨나 보다. 넘어지고, 거절당하고, 외면당하는 게 창피하거나 잘못된 것이 아니라는 걸, 삶을 살아가면서 당연히 겪어야 하는 일이라는 걸 알려주기 위해서. 글쎄, 그때의 그 말이 나에게 무조건적으로 힘이 되었다고 말하면 거짓말일 것이다. 하지만 그럼에도 나에게 위로가 되었던 건 어쨌든 내가 '했다'는 것이 중요하다는 의미로 다가와서였다. 처참히 무너졌고 정말 매정하게 거절도 당했지만 어쨌든 그래, 했다. 과거엔 겁이 나서 발조차 내딛지 못했던 내가 거절당했지만 어쨌든 무언가를 했다, 해냈다. 결과가 어찌 되었건, 이렇게

시도를 했다는 것을, 시도만으로도 분명 의미가 있다는 것을, 의미가 있을 거라는 말을 믿어보고 싶다.

끝내 우리는
같은 꿈을 꾸며 살아간다.

사람들은 '꿈'이라는 단어를 생각하면 무엇을 먼저 떠올리게 될까. 이루고 싶은 꿈, 가지고 싶은 직업, 원하는 목표 같은 것들을 먼저 떠올리지 않을까. 나는 그랬다. 나에게 '꿈'은 내가 가지고 싶은 직업의 의미이자 내가 원하는 목표 같은 것이었다. 그 직업을 가지는 것이 나의 일순위였고, 그 목표를 이루는 것이 내가 원하는 삶이라 생각했었다. 그래, 그렇게 생각했었다. 하지만 어느 날, 누군가의 말로 인해 혹은 오래전 누군가의 마음을 떠올리며 내가 생각하는 '꿈'의 의미가 조금씩 달라지고 넓어지기 시작했다.

꿈을 가진 사람들은 진취적이다. 꿈을 가진 사람들은 그 꿈을 이루기 위해 한없이 바쁘다. 실행에 옮기려는 행동 때문에 바쁘든, 마음만 바쁘든, 마음속에 꿈을 지닌 사람들은 항상 그 꿈을 이루기 위해 발을 동동 구르기 바쁘다. 내가 그랬다. 아니, 지금도 그렇다. 몸이 바쁘지 않으면 마음이 바빴고 마음이 바쁘지 않으면 몸이 바빴다. 그렇게라도, 한쪽이라도 바빠야지 내 꿈에 더 다가 갈 수 있을 거라고, 더 다가가고 있다고 생각하게 만들었으니까. 그래서 나는 항상 이유도 없이 바빴다. 꿈에게 빚을 지기라도 한 듯이 꿈 앞에서는 언제나 전전긍긍하기 바빴다. 꿈이라는 마음의 빚을 빨리 갚아야 한다는 생각에, 꿈이라는 것을 꼭 나에게 안겨 줘야 한다는 다급함에 항상 나를 다그치고 한없이 한심한 사람이 라 욕하기 바빴다. 빨리 갚지 않으면, 빨리 그 꿈을 이루지 않으면 안 될 것 같아서. 시간이 지날수록 더욱 그 희망이, 그 가능성이 줄 어들 것 같아서. 하루라도 빨리 그 꿈을 안겨주어야 할 것 같았다. 그래야 이 지독한 방황을 끝내고 행복할 것 같았으니까.

사람들은 어린아이들에게 혹은 이제 직업을 찾아 나서는 이들 에게 질문을 던지곤 한다. 너의 꿈은 무엇이니. 너의 꿈은 무엇이 니, 라는 말속엔 그 사람이 가고자 하는 길, 그러니까 그 사람이 평생을 먹고 살 수 있을 정도의 돈을 벌 수 있는 직업을 물어보는 경우가 대부분이다. 앞으로 어떤 직업으로 먹고 살 생각이니. 누 군가가 물어보는 꿈에 대한 물음은 언제나 돈을 벌 수 있는 수단. 즉, 직업을 의미하는 것이었다. 나 역시 그렇게 생각했다. 꿈은 곧 직업, 그러니까 직업은 곧 나의 꿈이라고. 누군가가 강요해서 갖 게 된 꿈은 아니었지만 그 꿈을, 그 직업을 결코 포기해선 안 된다는 강박 같은 것을 가지고 있었다. 그것이 아니면 나의 삶은 굉장히 무의미하다는 멍청한 생각을 하면서.

　하지만 어느 순간, 어느 날, 어느 때에 나의 꿈은, 나의 직업은 나의 삶과 행복에 직결되는 일이 아니라는 것을 알게 되었다. 직업을 갖는 것, 그래서 돈을 버는 일이 내가 앞으로 살아가게 되는 삶의 방향을, 나의 행복을 결정하는 것은 아니었다. 물론 돈을 많이 번다면, 진짜 내가 원하는 꿈을 직업으로 갖게 된다면 그것 자체가 행복이 될 수도 있지만 꼭 그것만이 나의 행복이라고 말할 수는 없을 것이다. 원하는 직업을 갖지 않아도, 꿈을 이루지 못해도 혹은 진짜 꿈을 이루어도, 그 직업을 갖게 되더라도 내가 살고 있는 이 삶의 주제는 언제나 내가 결정해야 하는 것이었다. 그러니까 돈을 벌더라도 그 돈을 어떻게 쓸 것인가. 직업을 갖더라도 그 직업을 어떻게 유지할 것인가. 또 그 직업과 어느 정도의 거리를 유지한 채 살아갈 것인가. 그리고 직업에 쓰이는 나의 시간을 제외하고 난 뒤 남겨진 또 다른 나의 삶은 어떠한 방향으로 나아갈 것인가. 나는 나의 삶의 주제를 어떻게 정할 것인가. 내가 정말 행복한 순간은 언제인가. 그 행복을 껴안고 살아갈 수 있는 길은 어떠한 것인가. 스스로에게 묻고 답할 수 있는 것이, 그래서 그것을 내가 결정하고 찾아가는 것이 끝내 나의 꿈이지 않을까, 라는 생각이 들었다.

돈을 벌 수 있는 직업이 아니라, 내가 이루고 싶은 목표가 아니라 내가 행복할 수 있는 꿈. 우리는 직업이 아닌, 목표가 아닌 진정한 행복의 길을 찾아야 한다. 끝내 그것이 우리 '꿈'이 될 테니까 말이다. 아마 사람들도 나와 비슷한 생각을 하지 않을까 싶다. 끝내 사람은 행복하게 사는 것을 가장 중요하게 여기니까. 누군가와 따뜻한 밥 한 끼를 맛있게 먹는 것. 마음 맞는 사람과 감정을 교류하며 대화를 하는 것. 좋아하는 사람과 나란히 앉아 말없이 밤하늘을 바라보는 것. 강아지를 안고 냄새를 맡으며 잠이 드는 것. 끝내 그런 것들이 '행복'이고, 그러한 것들이 차곡차곡 쌓이면 '꿈'이 되는 것 아닐까. 누구나 행복하게 사는 것, 행복해지는 것이 최종 목표이자 꿈일 테니 말이다.

　그런 의미에서, 우리의 꿈은 모두 같을 수도 있다. 행복해지는 것, 행복하게 사는 것이 누구나 갖는 가장 기본적인 목표이자 꿈일 테니까. 끝내 우리는 행복해지기 위해 돈을 벌고, 목표를 갖고, 사람을 만나며, 살아가는 것일 테니까. 그렇다면 나의 꿈은 무엇일까 생각해본다. 내가 궁극적으로 갖고 싶어 하는 꿈. 행복한 삶. 내가 싫어하는 것보다는 좋아하는 것으로 가득 차 있는 그런 삶. 나는 사실 한참을 고민했다. 쉽게 떠오르지가 않아서. 내가 생각하는 '꿈'은 오로지 직업밖에 없어서. 지금까지 살아왔던 삶의 절반 아니, 절반도 넘게 그 꿈만을, 그 직업만을 안고 살아왔으니까. 그 꿈에서, 그러니까 그 직업에서 조금 떨어져 그저 내가 행복하게 살 수 있는 방법. 행복하고 안정감을 가지며 살 수 있는 삶을 제대로 생각해본 적이 없었던 것 같다.

끝내 이것도 직업의 일환일까. 그저 내가 그리는 그림 정도로 말할 수 있으려나. 이 또한 공상에서 얻어진 낭만적인 삶일까 싶지만 한번 말해보겠다. 나의 꿈은 내가 좋아하는 공간을 만드는 것이다. 나의 집 같이 편안하고 내가 좋아하는 것들이 가득 차 있는, 그런 곳. 크지 않은 공간이어도 좋다. 작은 공간을 빌려 내가 좋아하는 책과 영화로 가득 채울 수 있는 삶. 책을 팔고 함께 영화를 보며 대화를 나누는 삶. 남들보다 조금은 느리게 살아갈 수 있는 삶. 시간이 더디게 가서 햇빛 역시 천천히 공간을 느끼며 지나갈 수 있는 그런 곳. 그 공간에서 내가 좋아하는 사람들과 이야기 나누고, 가끔은 새로운 사람들을 마주하며, 익숙한 듯 낯선 느낌을 받으며 사는 삶. 그것이 지금의 내가 생각해낸 나의 꿈이다. 나를 행복하게 해주는 삶. 나를 안정적이고 따뜻하게 만들어주는, 그런 꿈같은 삶.

요즘엔 그런 생각을 많이 하게 된다. 좋아하는 것으로 채우는 삶보다 싫어하는 것을 하지 않는 삶에 대하여. 과연 가능할까 싶지만 싫어하는 것 중에서도 정말 기피하고 싶은 것은 될 수 있으면 하지 않는 삶을 살고 싶다. 피할 수 있으면 피하는 삶. 그래서 내가 좋아하는 것에 가깝게, 내가 그나마도 버틸 수 있는 싫어함을 견뎌내며 사는 삶. 행복해지는 방법 중엔 내가 좋아하는 것으로 가득 채우는 방법도 있겠지만, 그와 반대로 내가 싫어하는 것을 최대한 멀리하는 것도 행복해지는 하나의 방법이 될 수 있을 테니까. 그리고 그러한 방법이 그나마도 나를 가장 현실적이고 효과적으로 행복하게 만드는 방법이 될 수도 있겠다는 생각을 했다.

칭찬을 자연스럽게
받아들이는 방법

　　　　누군가가 자신을 칭찬해 주었을 때 사람들은 보통 어떻게 반응할까. 당연하다는 듯 고개를 끄덕이며 웃음을 지어 보일까. 아니면 손사래를 치며 아니라는 듯 민망한 표정을 지어 보일까. 나는 어떻게 반응했더라? 생각해보면 대체적으로 후자에 속했던 것 같다. 당연하다는 듯, 나도 알고 있다는 듯 웃으며 반응하기엔 잘난 척하는 사람처럼 보일 것 같아서 내가 선택한 방법은 언제나 후자였다. 아니라는 듯 민망한 표정을 한껏 지어 보이며 손사래를 치는 사람. 마치 칭찬을 듣고 싶지 않아 안달 난 사람처럼 극구 사양하는 그런 타입. 왜 그럴까, 굳이. 그저 자연스럽게 고맙다고, 감사하다고 반응하면 될 것을 언제나 '나는 그 정도의 칭찬을 받을 만한 사람이 못 된다'라는 표현을 온몸으로 뿜어내는 걸까. 누군가가 나에게 해준 좋은 말을, 칭찬의 말을 자연스럽게 그러나 너무 과하지 않게 받아들이는 방법은 없을까.

나는 사람을 꽤나 의식하는 편이다. 그러니까 사람들의 시선과 말을 잘 의식하며 그 말을 해석해내려는 사람이다. 그러나 겉으로는 전혀 티가 나지 않는다. 아니, 사실은 티가 났는데 나만 몰랐던 걸 수도 있겠다. 어쨌든 '내 생각으로는' 사람들을 의식하고 있다는 사실을 잘 들키지 않는 편이라고 생각한다. 그래서 아마도 사람들은 나를 보며 이렇게 생각할 것이다. 마이웨이가 강한 사람이라고. 뭐, 물론 그런 점이 없지 않아 있지만 사실 속으로는 사람들의 시선과 말투, 행동을 엄청나게 의식하고 있다. 오늘따라 나에게 조금 차갑게 대하는 것 같다거나, 원래는 말을 잘 걸었던 사람이 오늘따라 나 말고 다른 사람과 더 친근하게 대화를 나눈다거나, 대화를 나누던 중 나도 모르게 말실수를 했는데 혹시 기분 나빴던 것이 아닐까 혼자 전전긍긍한다거나. 그런 식으로 겉으로 보기에는 무덤덤해 보이고 평온해 보이지만 그 안에선 속 시끄럽게 생각에 생각을 쌓아 올리며 끊임없이 의식하고 있는, 그런 피곤한 삶을 살아가고 있다.

그러한 시선 때문일까. 아니면 나의 이러한 성격 때문일까. 나는 누군가에게 칭찬을 받으면 몸 둘 바를 모른다. 얼굴을 한껏 찡그리며 아니야, 아니야, 아니야, 를 끊임없이 뱉어낸다. 사실 속으로는 좋은데, 기쁜데, 가끔은 뭘 좀 아는구나 생각하기도 하는데 최대한 아닌 척, 불편한 척, 민망한 척 표정을 지어 보이곤 한다. 물론, 그런 행동이 진심일 때도 있다. 그런 말 좀 그만 해줬으면 좋겠다는 생각이 들어서 진심으로 손사래를 치며 거부한 적도 있다. 그리고 정말 아주 가끔은 우쭐한 표정을 지어 보이기도 한다. 대놓고 너 사람 볼 줄 아는구나. 농담 반 진담 반 섞어가며 기쁜 내색을 직접 내비치면서. 물론, 나의 이러한 말과 행동을 오해하지 않을 사람 앞에서만 한다는 가정이 들어가겠지만. 그렇게 내가 어떠한 말을 해도 잘 받아주고 이해해주는 사람들 앞에선 되레 누군가에게 들었던 칭찬들을 늘어놓기도 한다. 우쭐한 표정을 장난스레 지어보이면서.

내가 칭찬을 자연스럽게 받아들이지 못하는 것, 칭찬을 받으면 왠지 모르게 표정이나 몸이 굳는 이유는 아마 내가 반응했던 모습으로 나를 판단하던 누군가의 모습 때문이라 짐작된다. 내가 반응했던 모습으로 나를 판단하던 그 사람의 눈빛을 봐서일까. 칭찬을 들으면 이런 생각부터 하게 된다. *아, 뭐라고 하지. 뭐라고 해야 자연스럽지만 적당히 겸손하고, 또 고마움을 담은 표현을 할 수 있을까. 가장 적당한 말은 무엇일까.* 매번 고민했던 것 같다. 수많은 고민들이 뒤섞여서일까. 어느 날은 행동이 과해져서 꽤나 우스꽝스럽게 표현한 적도 더러 있었다. 괴상한 표정을 짓는다거나, 이상한 제스처를 취한다거나, 어색한 미소를 지으며 자리를 피한다거나. 이도 저도 안 되면 두뇌를 최대한 빠르게 돌려 나를 칭찬해준 사람의 장점을 찾아 칭찬을 퍼붓기도 했다. *아니야, 너도 잘 어울릴 것 같은데. 에이, 나보다 더 잘하면서.* 그런데 신기하게도 이런 식으로 대답을 하게 되면 거의 대부분은 내가 칭찬을 받았을 때 지었던 표정과 반응을 똑같이 따라 했다. 민망하다는 듯 머쓱한 표정을 짓거나, 과장되게 손사래를 치거나, 나를 더 띄워주거나. 그렇게 서로 핑퐁 하듯 끊임없이 칭찬을 나누다 보면 서로 민망한 상태에서 대화가 끝나는 일이 부지기수였다.

그렇다면 어떻게 해야 누군가가 나에게 해준 칭찬을 잘 소화시킬 수 있을까. 격하게 아니라는 듯 말하지 않고, 도망치듯 자리를 피하지도 않으며, 서로 민망하게 칭찬 배틀을 하지 않고 깔끔하게 칭찬을 소화시키는 법. 음, 사실 방법은 아주 단순하다. 그저 고맙다는 말 한마디. *그래요, 고마워요. 아, 진짜 고마워.* 사실 이 말이면 이미 충분한 대답이 되지 않을까. 원래 칭찬이라 함은 '좋은 점이나 착하고 훌륭한 일을 높이 평가함. 또는 그런 말'이라는 뜻을 가지고 있는 아주 좋은 말이다. 그러니까 그 말 그대로, 칭찬을 들은 사람은 그 칭찬을 자신의 생각에 따라 받아들이고 반응하면 된다. 좋으면 좋은 대로, 기쁘면 기쁜 대로, 가끔 기분 나쁘면 기분 나쁜 대로. 칭찬을 한 사람은 그 말을 하면 그것으로 끝인 것이다. 칭찬을 받은 사람의 반응을 보며 자신의 잣대로 평가할 이유도, 권한도 없다. 또한 칭찬을 받은 사람 역시 나에게 칭찬을 해주었다고 그 사람의 입맛에 맞는 말을 할 필요도, 그렇게까지 할 이유도 없는 것이다.

사실 칭찬을 자연스럽게 받아들이는 법 같은 건 애초에 필요하지 않을 수도 있다. 그냥 내 식대로, 내가 표현하고 싶은 대로 반응하면 되는 거니까. 단, 사람들의 판단을 의식하지 않는다는 전제하에. 나를 이렇게 평가할 거다, 라는 생각을 아예 배제해버린다면 충분히 가능한 일이다. 그러나 앞으로 그렇게 하겠다 결심한다고 한들 나는 또다시 누군가에게 칭찬을 들으면 몸을 배배 꼬며 손사래 치고 있을 가능성이 매우 농후하다. 역시 어렵다. 적절한 반응의 선을 찾는 것은. 그러나 이러한 고민을 역으로 뒤집어 생각해본다면, 어쩌면 쉽게 그 방법을 찾을 수도 있다. 누군가를 쉽게 판단하려는 태도를 고치는 것. 사실은 그게 가장 근본적인 문제이지 않을까.

내가 아무리 반응 수십, 수백 개를 만들어 낸다고 한들 그 사람의 입맛에 맞게 반응하는 것은 불가능할 수밖에 없다. 그러니까 근본적인 문제는 누군가를 판단하려는 그 태도이다. 잘 알지도 못하는 사람을, 아직 제대로 알아보지도 않은 사람을 쉽사리 판단하고 낙인찍으려는, 그 태도. 이렇게 반응하니 얘는 분명 이런 애, 라는 나쁜 선입견을 만들어내지 않는 태도가 무엇보다 중요하지 않을까 싶다. 그래서 고백한다. 사실 나 역시 그런 적이 있다. 잘 알지도 못하는 누군가를 보며 이럴 것이다, 라는 판단을 내리고 미리 선입견을 가졌던 적이. 처음엔 선구안일 거라 생각했지만 나중에 생각해보니 그 선입견은 끝내 나에게 좋지 못한 결과를 초래

했다. 그 사람을 아주 좁은 시야로만 바라보고 대했으니까. 내가 내린 선입견 때문에 그 사람의 꽤나 매력적인 부분을 혹은 아주 다양하고 입체적인 부분을 아예 찾아내지 못했으니까. 멀리 보자면, 그때의 나는 내가 만들어 낸 선입견 때문에 꽤나 괜찮은 동료 혹은 괜찮은 사람을 놓친 것일 수도 있다. 그래서 나는 이제부터 되도록이면 잘 알지 못하는 사람에 대해 쉽게 판단하지 않으려 한다. 물론, 이 역시 전제되는 것이 하나 있다. 나에게 무례하게 굴지 않았다는, 그 중요한 전제하에 말이다.

아직,
혼자가 무서운 어른

　　나는 혼자서 뭐든 잘하는 사람인 줄 알았다. 그래서 당연하게도 혼자 있는 걸 두려워하는 사람이 아니라고 생각했었다. 고등학생 때까지는 무리 지어 다니는 것을 좋아했고, 또 그것을 당연하게 여겼던 터라 혼자 다니는 것을 조금 어색하게 여기긴 했다. 그러나 성인이 되고, 뒤늦은 방황이 시작되면서부터 나는 언제나 내가 혼자라고 생각했다. 분명 가족과 친구들이 있었음에도 나는 언제나 혼자라고 생각했다. 나를 제대로 알고 있는 사람은, 내 마음을 이해할 수 있는 사람은 오직 나 자신밖에 없다고 말이다. 그래서 나는 그 누구보다 꿋꿋하게 혼자서도 잘 살 수 있는 사람이라고 자신했었다. 하지만 얼마 지나지 않아 그 생각은 엄청난 착각이었다는 사실을 깨닫게 되었다.

생각해보니 나는 여태껏 제대로 된 혼밥을 해본 적이 없다. 물론, 집에 있을 때 챙겨 먹은 '혼밥'은 제외하고. 정말 생각해보니 밖에서, 식당이라고 할 수 있는 곳에서 혼자 밥을 먹어본 적이 단한 번도 없었다. 사실 고백하자면, 혼자 밥을 먹을 일이 별로 없기도 했다. 오랜 시간 동안 밖에 있을 때는 보통 사람들과 함께 있었던 터라 당연하게도 그들과 함께 밥을 먹었고, 만약 오랜 시간 동안 밖에 혼자 있을 때는 이참에 다이어트나 하자, 라는 생각으로 제대로 된 밥을 먹기보단 허기를 달랠 정도로만 먹었던 것 같다. 또, 간혹가다 먹고 싶은 음식이 생겨도 항상 포장해가는 것을 택했던 터라, 혼밥을 할 기회가 현저히 줄어들 수밖에 없었다. 집순이에게는 언제나 허기보다 집으로 빨리 가고 싶다는 귀소본능이 이길 수밖에 없으니까.

그리고 내가 이렇게까지 혼밥 경험이 없는 이유에는 우리 엄마의 존재가 한몫하지 않았을까 싶다. 엄마와 나는 어렸을 때부터 동네에서 유명한 단짝이었다. 바늘 가는 데 실 가는 것처럼 언제나 붙어 다니곤 했는데, 어렸을 때 버릇 어디 안 간다고 성인이 돼서도 엄마와 함께 다니는 것을 습관처럼 여기게 되었다. 또, 엄마와 나의 공통된 취미가 맛집 찾기여서 함께 사방팔방 돌아다니며 밥을 먹다 보니 자연스럽게 서로의 맛집 메이트가 되어버렸다. 사정이 이렇다 보니, 밖에서 밥을 먹을 때는 항상 누군가와 함께였다. 조금 풀어서 생각해보자면, 내 옆에는 항상 누군가가 존재했다는 뜻이 될 것이다.

그랬다. 내 옆에는 언제나 당연하다는 듯 친구가 있었고, 가족이 있었고, 엄마가 있었다. 괜스레 혼자 있는 것이 뻘쭘할 때면 친구에게 전화를 걸었고, 억울한 일을 당해 속상할 때면 가족에게 마음을 털어놓았고, 그것으로도 마음이 편치 않을 때는 엄마의 손을 잡았다. 그렇게 나는 누군가에게 한없이 기대며 나약한 삶을 살아온 것이다. 그 사실을 알게 되어서일까. 혼자서도 꿋꿋하게 잘 살아갈 것이다, 생각했던 내 마음이 흔들리게 된 순간이 있었다. 내가 그리 꿋꿋하지 않다는 걸 알게 된 순간. 혼자가 되어버리면 정말 아무것도 못 하겠다, 깨닫게 된 순간. 그와 동시에 오롯이 혼자가 된 것만 같은 순간. 혼자가 되는 것이 이렇게나 두렵고 무서운 느낌이라는 걸 깨닫게 된 순간. 그래서 한없이 누군가에게 기대고픈 순간. 누군가가 나에게 다가와 위로해주길 바랐던 순간. 그 순간들과 마주하며, 새삼 알 수 있었다. 나는 지나치다 싶을 정도로 누군가에게 보호를 받으며 살아온 사람이라는 것을.

몰랐던 아니, 애써 모른 척하고 싶었던 나의 민낯과 마주하며 나는 생각했다. 지나치다 싶을 정도로 지금보다 더 단단한 사람이 될 필요가 있겠다고. 넘쳐흐른다 싶을 정도로 혼자 살 수 있는, 자립심을 키워야겠다고 말이다. 언제나처럼 내 옆에 있던 누군가가 없어진다면 아니, 설사 내 곁을 떠날 일이 없다 하여도 혼자서 뭐든 할 수 있는 사람이 되어야겠다고 생각했다. 사실 나는 순간순간 지나가는 나의 감정을 통해 어느 정도 눈치채고 있었다. 낯선 곳에 혼자 있을 때 느꼈던 공허감을 통해. 누군가가 나를 꽈악 안아주었으면 좋겠다는 서글픔을 통해. 그렇게, 삶의 어느 순간마다 느껴졌던 나의 의존적인 마음을 통해. 그래서 생각했다. 별거 아닌 일에도 몹시 흔들리는 이 약하디 약한 나의 뿌리를 더 곧고 힘 있게 뿌리내려야 하지 않을까, 하고.

지금 당장 다짐한들, 바로 자립심 같은 것이 생길 리 만무할 것이다. 다만 이제라도 나의 민낯을 알게 되었다는, 그 시작에 의미가 있을 거라 생각하기로 했다. 그리고 경험해보지 않은 일들을 하나씩 해나가 보기로 했다. 지금보다 뿌리 깊은 사람이 되기 위해. 누군가에게 의지하고 싶은 마음을 덜어낼 수 있게. 당장 내일부터 할 수 있는 일이 뭐가 있을까 고민해봤다. 일단, 위에서 말했듯이 제대로 된 혼밥을 해보는 것. 그리 어려운 일이 아니니, 내일 당장 해보기로 했다. 음, 그리고 혼자 여행을 다녀오는 것. 안 그래도 얼마 전부터 계속 바다가 보고 싶었는데, 이참에 당일치기라도 여행을 다녀와야겠다 생각했다.

사실 나를 가장 단단하게 만들어 줄 수 있는 건 혼밥도, 여행도 아닌 바로, 나 자신이다. 누군가에게 기대고 싶고, 의지하고 싶어지는 건 그만큼 내 마음이 약해졌다는 뜻일 테니까 말이다. 그렇기에 우리는 지금보다 더 자주 우리를 안아 줄 필요가 있다. 그래, 우리 이렇게 하기로 하자. 마냥 누군가에게 기대고 싶고, 또 그만큼 의지하고 싶은 마음이 들 때면, 조용히 우리의 마음을 꽈악 안아주기로. 그렇게 너는 절대 혼자가 아니라고 말해주기로.

잠시, 지금 이 순간을 좋아해도 되는 걸까.

　　나는 대체적으로 평이한 감정을 가진 사람이다. 감정 기복이 엄청 심하지도, 그렇다고 너무 무미건조하지도 않은 그저 평이한 감정을 가진 사람. 그러나 이 평이한 감정을 또 여러 갈래로 나눈다면 나는 아마 '블랙 평이' 정도이지 않을까 생각한다. '블랙 평이'라 함은, 대체적으로 평이한 감정을 가지고 있지만 그 안에 미세한 우울의 기운이 감도는 그런 감정이라고 말하면 조금 이해하기 쉬우려나. 이렇게 긴 설명으로 표현하였듯, 나는 대체적으로 평이한 감정을 가졌지만 가끔은 모든 것을 조금 우울한 시선으로 바라보는, 그런 눈을 가진 사람인 것 같다. 그래서일까. 나는 가끔 이러한 감정에서 조금이라도 벗어나게 되면 이상하게 불안하곤 했다. 그것이 좋은 방향이라 할지라도.

불행에 익숙한 사람이라고까지 말할 순 없다. 그렇게까지 인생에서 쓴맛을 볼 나이도 아니고 그러한 경험 역시 없으니까. 그럼에도 약간의 어긋남, 삐끗거림엔 익숙한 사람이라고는 말할 수 있을 것 같다. 누구에게나 그렇듯 내 인생 역시 좋은 방향으로 쉽게 풀린 적이 단 한 번도 없었으니까. 그래서 나는 가끔 불행을 당연하다는 듯 받아들이곤 했다. '그럼 그렇지'라든가, '어쩐지 잘되어 가나 싶었다' 같은 약간의 탄식을 내뱉으며 나에게 찾아온 어긋남을 익숙하게 받아들인다고 해야 하나. 그래서인지, 나는 가끔 찾아오는 행운을 불안해했다. 생각보다 일이 쉽게 풀릴 때면 이럴 리가 없는데 왜 이렇게 빠르고 단순하게 풀리지, 의아해하면서. 그럴 때면 나는 미리 마음의 준비를 했다. 왠지 이렇게 쉽게 풀리는 걸 보니 분명 뒤에 약간의 삐끗거림이 찾아오겠군. 이렇게 혹시나 찾아올 수 있는 불행을 미리 받아들일 준비를 한다고 해야 할까.

요즘의 내가 특히 그렇다. 무언가 내가 원하는 방향대로 잘되어 가고 있다는 느낌이 든다. 그렇게 되었으면 좋겠다고 마음속으로 외쳤던 것들이 조금씩 내 눈앞에 실현되어가고 있다고 해야 할까. 그래서 기쁘고 즐거우면서도 한편으론 너무도 불안한, 이 감정은 대체 뭘까. 왜 불안한 걸까. 가슴 한 켠에 불안함을 간직하고 있는 나에게 묻곤 한다. *그래, 지금 네가 제일 불안한 게 도대체 뭔데. 진짜 네가 희망하던 일이 실현되었는데 왜 그것을 즐기*

지 못하고 혼자 상상하며 불안에 떨고 있는 건데. 글쎄, 아직 명확한 답은 찾지 못했다. 다만, 알게 된 사실 한 가지는 있다. 어쩌면 나는 불행에 익숙한 사람일 수도 있다는 것. 아니, 어쩌면 나는 불행에 익숙해지려고 부단히 애쓰는 사람일 수도 있다는 것이다.

솔직히 말하자면, 나에게 찾아온 좋은 일 같은 건 지극히 평범한 것들뿐이다. 내가 정말 원하던 일자리에 운 좋게 다시 들어갈 수 있었던 것. 내가 정말 보고 싶었던 영화 티켓을 운 좋게 예매할 수 있었던 날. 약속 시간에 늦은 날, 운이 좋게 버스가 빨리 도착해 지각하지 않았던 그때. 정말 먹고 싶었던 음식을 대기 없이 먹었던 어느 날. 사실 이러한 자잘 자잘한 것들이 나에게 찾아온 좋은 일 정도라 말할 수 있다. 나는 왜 이렇게 아주 자잘한 행운에도 감사함에 허덕이며 불안함을 느끼고 있는 걸까. 참 안타깝게도 말이다. 하루가 너무도 순탄하게 흘러가던 날. 그래서 마음속의 동요가 전혀 일어나지 않았던 날. 그런 날엔 기분이 좋다 느끼면서도 한편으론 이러한 마음을 언제까지 유지할 수 있을까, 유지할 수 있기는 할까. 어쩌면 바로 내일 내가 감당할 수조차 없는 삐끗거림이 혹은 대단한 불행이 찾아오면 어떡하지. 혼자 쓸데없는 생각을 하며 미리 걱정하곤 한다. 차라리 그럴 거면 이런 자잘한 좋은 일도 찾아오지 않았으면. 그저 이렇게 평이한 마음을 갖고 사는 것에 이미 익숙해져 있으니 마음의 동요를 일으키는 그 어떠한 일도 일어나지 않았으면 좋겠다는 생각을 하기도 한다.

그렇다고 지금까지 살아오면서 감당할 수조차 없는 불행을 많이 경험한 것은 아니다. 어렸을 때 몸이 갑자기 아팠던 것. 입시에 실패한 것. 그래서 조금은 단절된 삶을 살아왔던 것. 그러한 것을 제외하고 나면 그렇게까지 큰 불행 혹은 큰 삐끗거림이 많이 찾아오진 않았으니까. 그저 남들처럼 사소한 삐끗거림이 많았고, 또 남들처럼 자잘한 좋은 일들 역시 내가 살아왔던 나날에 분명 존재했을 테니까. 단지 내가 인식하지 못했을 뿐. 그렇다는 건, 요즘 나의 마음가짐 때문에 이 모든 기준이 조금씩 달라졌다 말할 수 있지 않을까 싶다. 요즘 나의 마음가짐. 그러니까 될 대로 돼라, 라는 약간의 자포자기와 숨 고르기를 하며 살자, 라는 느린 마음이 공존하는 요즘의 심리상태가, 내가 여태까지 조금은 부정적으로 바라보던 세상을 긍정적인 시선으로 달리 볼 수 있도록 만들었을 수도 있으리라.

그러니까 조금은 즐겁게 바라보려고 노력한다고 해야 할까. 나에게 찾아온 아주 자잘한 행운과 기회라고 느껴지는 그 모든 것들에 감사하려고 한다. 물론 마음을 먹었으면서도 가끔은 아니, 사실 자주 화를 내기도 하지만. 그래도 대체적으로 우연히 내가 원하는 것을 얻을 수 있었던 것들에, 순간에 예전보다 훨씬 더 기뻐하려 노력하는 마음가짐을 가지기 시작하긴 했다. 그러한 생각과 마음가짐을 가지기 시작해서일까. 이상하게도 그리 나쁜 일과 대면하지 않고 있는 것 같기도 하다. 아, 이런 말 하면 또 삐끗거림이 찾아올 수도 있는데 또다시 조금 불안함이 생기려 한다.

마음의 변화 때문일까. 예전의 나였으면 대단한 삐끗거림이라 느꼈을 것들도 조금은 의연하게 받아들이고 있다는 생각이 든다. 예전 같았으면 유난스럽게 펄쩍 뛰면서 내 이럴 줄 알았지 어쩐지 잘되어 간다 했다, 말했을 일들도 요즘엔 그냥 담담하게 '그래, 맘대로 하거라' 받아들이고 있다고 해야 할까. 너무 자포자기 같으려나. 그런데 웃기게도 이렇게 받아들이는 게 확실히 내 마음을 조금 덜 다치게 만들었던 것 같다.

하지만 여전히 가슴 속 깊은 곳에 불안한 감정들이 존재하고 있긴 하다. *나, 지금을 좋아해도 될까요. 나, 지금에 조금 안도해도 될까요. 나, 지금을 시작으로 조금씩 나아지고 있다고, 나아질 거라고 믿어도 될까요.* 대답을 들을 수 없는 공허한 질문들이 늘어나기도 한다. 하지만 그 질문의 답은 끝내 내가 찾아 나설 수밖에 없을 것이다. 내 삶은 누구도 아닌 내가 살아가야 하는 것일 테니까. 그래서 일단 계속 이러한 마음을 가지고 가기로 했다. 일단, 좋아하기로. 비록 이러한 마음이 지금의 상황에 조금 안주하고 있는 일이라 할지라도, 누군가에게 한심하다는 눈초리를 받게 되더라도 일단 지금의 나는 좋다고 하니까. 그리고 정말 어쩌면 이것을 시작으로 더 좋은 일이 일어날 수도 있으니까. 혹 그렇지 않다 하더라도 이러한 긍정적인 기운을 벗 삼아 앞으로 나아갈 용기를 얻을 수도 있을 테니까. 그러니까 조금은 나 자신을 다독거릴 수 있는 이 시간을 즐겨 보기로 했다.

아직까지 나이가 든다는 것에 장점보단 단점이 더 많다 느껴지지만 그럼에도 불구하고 고개를 끄덕거리게 만드는 장점이 한 가지 있다. 아주 조금씩 마음의 여유가 생겨나기 시작한다는 것. 아이러니하게도 오늘과 내일이 크게 바뀌지 않으니까 안도감이 생긴다. 어차피 이렇게 평이하게 흘러가는 삶의 반복일 테니 가능하면 내가 기쁜 쪽으로, 즐거운 쪽으로 시간을 보내려 노력하고 있다. 물론, 즐겁게만 살 순 없겠지만 여러 선택사항 중 그나마 내 마음에 끌리는 것, 내가 계속해서 하고 싶었던 것, 내가 조금이라도 호기심을 갖고 있는 것을 선택하려고 노력한다고 해야 할까. 그러한 선택들이 쌓이다 보니 요즘 좋은 일이 점점 늘어나고 있다 느끼게 된 것일 수도 있겠다. 큰 행복이 없어서 소소한 것이라도 찾는 것이다, 자조적으로 말하는 사람도 있겠지만 끝내 돌아보면 그러한 소소하고 사소한 행복들이 쌓여 큰 행복감을 느끼게 만들어 주었던 것 같다. 웃기게도 내가 요즘 느끼고 있는 그러한 행복처럼. 그러한 좋은 일처럼.

모두의 삶은
존중받아 마땅하다.

어릴 적의 난 삶에 정답이 있는 줄 알았다. 정답처럼 여겨지는 길들을 너무도 많이 봐왔기에. 당연하게 학교를 졸업하고, 당연하게 대학을 나와, 당연하게 연애를 하고 직업을 갖고 돈을 벌며, 당연하게 결혼을 하고 아이를 낳는, 너무나도 당연하게 행해지는 일들이 누구나 보편적으로 갖게 되는 삶이라고 생각했다. 그래서 나도 그렇게 살 줄 알았다. 너무나도 당연하게. 내 주변 사람들은 다들 그렇게 살아가는 듯했으니까. 하지만 어른이 되어버린 난 그게 당연한 것이 아니라는 사실을 깨닫게 되었다. 그리고 삶에는 명확한 정답이 존재하지 않는다는 사실도.

난 태어나서 한 번도 직장을 가져본 적이 없다. 번듯한 회사에서 일하고 있는 모습 또한 그려본 적이 없다. 그렇다, 나는 남들이 말하는 보편적인 루트에서 한참이나 벗어난 사람일 것이다. 하지만 이것이 잘못되었다고 생각해본 적은 없다. 물론 가끔 후회할 때도 있지만 내가 살아가는 이 삶이 틀렸다거나, 잘못되었다거나 정답이 아니라는 생각을 한 적은 없다. 사람마다 각자 중요시여기는 것들은 다 다를 테니까. 인생을 살아감에 있어서 누군가는 '돈'을 가장 우선적으로 생각할 수도 있고, 누군가는 '사랑'을 가장 우선적으로 생각할 수도 있고, 또 누군가는 '꿈'을 가장 우선적으로 생각할 수도 있다. 그 밖에도 스스로가 우선적으로 여길 수 있는 가치들은 무궁무진하다. 그렇기에 삶을 살아감에 있어 이것이 정답이다 말할 수 있는 것은 없다. 다만, 보편적인 길이 존재할 뿐이지.

작년 눈 내리던 어느 날, 종로에 있는 한 극장에서 영화 〈소공녀〉를 본 적이 있다. 추운 날이었기에 사실 꾀가 났었다. 굳이 멀리 있는 영화관까지 찾아가서 영화를 봤는데 생각보다 별로면 어떡하지. 괜한 투정과 걱정을 하며 게으른 발걸음으로 영화관을 찾았다. 아직 정식 개봉을 한 작품은 아니었지만 영화를 보러 온 사람들은 꽤 많았다. 그 사람들을 보며 내심 속으로 생각했다. 이렇게 많은 사람들이 눈길을 헤쳐 왔을 정도면 이 영화를 선택한 것이 나쁘진 않았군. 나쁘지 않을 거라는 약간의 예측을 하며 영화가 시작되기만을 기다리고 있었다. 곧 영화는 시작되었고 영화를 보는 내내, 그리고 영화가 끝난 뒤 자리를 지키고 있던 나는 이 영화에 대한 생각을, 감상을 간결한 문장으로 표현할 수 있었다.

'여기 오길 정말 잘 한 것 같아.'

불과 일이 년 전만 해도 좋은 영화 한 편을 보면 그날 하루가 온통 좋았다. 그 영화 한 편이 감정적으로 충만하게 만들어 주었기에. 하지만 그런 기분을 느낄 준비가 되어있지 않았던 요즘의 나에게, 그렇게 조금은 무감각해져 있던 나에게 새삼 좋은 영화를 보고 난 뒤 느낄 수 있는 기분을 다시 느끼게 해주었던 영화였다. 영화가 끝난 뒤 저녁식사 자리에서까지 영화의 감상에 취해 들떠 있었으니 말이다.

영화의 주인공은 사람들이 익히 말하는 보편적인 삶과는 전혀 다른 길을 걷고 있는 사람이었다. 집과 담배, 위스키 중 무엇 하나를 포기해야 한다면 집을 포기하겠다며 캐리어를 끌고, 여행 아닌 여행을 떠나는 여자. 영화 안에는 여자가 살아가는 삶의 방식과 함께 현실이라는 것에 부딪히며 살아가고 있는 보편적인 사람들의 이야기도 전개되었다. 보는 내내 나는 생각했다. 영화 속 저 여자 좀 멋있다,는 생각과 역시 삶에 정답 같은 건 없어. 내가 행복하면 그게 정답이다, 라는 생각. 주변의 그렇게 살아도 되겠냐는 걱정스러운 핀잔에 굴하지 않고, 조금 더 안정적인 것을 찾아 떠나는 연인에게 끝까지 좋아하는 것을 포기하지 말라고 말하는 여자의 모습을 보며 가슴이 울렁거렸다. 영화 속의 여자가 너무도 당당하고 멋있어서 울렁거렸고, 현실에 치여 안정적인 삶을 찾아 떠나는 사람들의 마음이 이해가 가서 울렁거렸다.

과거, 회사를 다니는 친한 친구가 회사를 그만두고 싶다는 말을 한 적이 있었다. 이렇게까지 회사를 다녀야 하는 이유를 모르겠다는 말도 덧붙이면서. 사실 내가 원하는 것은 다른 곳에 있는데 돈 때문에 언제까지 회사에 틀어박혀 살아야 하는지 모르겠다고 말했었다. 나는 회사를 다녀본 적이 없어 어떤 말을 해주어야 할까 한참을 고심했었다. 그러다 떠오른 말은 단 하나뿐이었다. 너를 행복하게 만드는 것이 무엇인지만 깊게 생각해보면 좋지 않겠냐고. 앞으로 살아감에 있어 내가 진짜 원하고, 날 행복하게 만드는 그 '무엇'을 찾아보면, 어쩌면 생각보다 쉽게 답을 찾을 수도 있지 않겠냐고 말했다.

요즘 들어 돈을 벌기 위한 일이 아니라 지금 당장은 적은 금액일지 몰라도 앞으로 살아가면서 나를 행복하게 만들어줄 수 있는 것을, 내가 하고 싶은 것을 찾으려는 욕구가 점점 커지는 추세인 것 같다. 적은 나이는 아니지만 지금 시작하지 않으면 더 늦을 것 같아서, 지금 결정을 내리지 않으면 살아가는 것이 아니라 그저 살아지는 것 같아서 나를 위해 새로운 일에 부딪혀 보려는 사람들이 늘어나는 것 같다.

이렇게 말하면 어떻게 생각할지 모르겠지만, 난 좋은 현상이라고 생각한다. 아직 현실의 쓴맛을 보지 못해서, 아직 현실을 낭만적으로 보고 있어서 그런 걸 수도 있지만 진짜 자신을 위해 지금이라도 시작하겠다며 뛰어든 사람의 뒷모습은 언제나 멋있다. '멋'이라는 것이 먹고 살게 해주진 않지만 그 '멋'에 또 다른 누군가는 힘과 용기를 얻을 수 있지 않을까. 또 그것을 바탕으로 또 다른 누군가 역시 용기를 낸다면 서서히 좋은 작용들이 하나둘 생겨날 수도 있지 않을까. 역시 너무 낭만적인 생각일까. 아직 배고파 본 적이 없어서 이렇게 말할 수 있는 것일까.

누군가가 나에게 가장 존경하는 사람, 본받고 싶은 사람이 누구냐고 물어본다면, 항상 떠오르는 장면 하나가 있다. 어느 다큐 속 글을 배우는 할머니들의 모습이다. 내가 원하고 내가 말하는 '삶의 주제'는 바로 그런 모습인 것 같다. 늦은 나이에, 굳이 글을 배워도 되지 않을 나이에, 이제 배워 뭐하냐는 그 나이에 꿋꿋이 자신을 위해 노력하며 글을 배우는 할머니의 모습처럼, 나 역시도 비록 누군가보다 한참 더디더라도 내가 원하는 바를 포기하지 않는 것. 그것이 내가 추구하고 희망하는 나의 '삶의 주제'인 것 같다. 비록 소박할지라도 우리에겐 각자 마음에 두어야 할 '삶의 주제'가 하나씩은 있어야 하지 않을까. 캐리어를 끌고 길을 나섰던 여자처럼, 떨리는 손을 부여잡으며 글을 써 내려가던 할머니의 모습처럼 말이다.

각자의 삶의 방식 속에서 '행복'을 찾아 나서는 이, '사랑'을 찾아 나서는 이, '꿈'을 찾아 나서는 이에게 조용히 박수를 쳐주고 싶다. 그리고 말해주고 싶다. 누군가는 아직 어려서, 현실을 몰라서 그렇다며 혀를 차더라도 모두의 삶은 존중받아 마땅하다고. 그대의 결정이 나중에 어떠한 결과를 초래할지 모르겠지만 그대의 용기에, 도전에 박수를 쳐주고 싶다고. 사실 고백하자면, 영화를 보는 내내 나는 영화 속 여자에게 있는 힘껏 박수를 쳐주고 싶었다. 그리고 말해주고 싶었다. 그대의 당당함에 반했다고. 용기를 얻었다고. 가슴이 따뜻해졌다고. 그래서 다시 한번 더 힘을 낼 수 있을 것 같다고 말이다.

내가 정한 삶이라 할지라도 흔들리고 주저하는 순간들은 항상 존재하기 마련이다. 이것이 맞는 길일까 의심할 때도 많다. 하지만 그럼에도 불구하고 항상 마음속으로 되뇌는 생각이 한 가지 있다. 땅을 디디는 매 순간순간 두렵고 버거워도, 속절없이 흔들리더라도 결코 틀린 길은 아닐 거라는 믿음. 가끔 넘어지고 쓰러지더라도 그 속에서 얻게 되는 무언가가 분명 존재할 것이라는 바람. 물론 지금 내가 적어 내려가는 것 역시 정답이라고 할 수 없다. 힘든 일 뒤에 반드시 엄청난 행운이 뒤따른다고도 단언할 수 없다. 하지만 살다 보면 힘든 일을 잊게 해줄 소소한 행복이 찾아올 거라고 잠시 지쳤던 나에게, 고단했을 너에게 전하고 싶다.

고백

책의 시작과 끝을 쓰는 일은 생각보다 쉽지 않았다. 책의 본문을 다 써놓고 책의 시작과 끝을 적어 내려가고 있는 지금, 글을 썼다 지웠다 무한 반복 중이니 말이다. 이유를 알 수 없는 부담감을 조금 내려놓고 첫 시작을 조금 고백해볼까 한다. 사실 나는 처음 출판 제안 메일을 발견했을 때, 메일 제목을 한참 바라보다 이내 메일 확인하기를 포기했었다. 혹시나 스팸 메일일 수도 있다는 약간의 의심과 만약 진짜가 맞다면 내가 쉽사리 감당할 수 있는 일이 아닐 것 같다는 두려움이 앞섰기 때문이다. 몇 날 며칠을 고민하다 메일을 확인하게 되었고, 그렇게 몇 달의 시간이 흐르고 난 뒤 거짓말처럼 출판 계약을 하게 되었다.

모든 처음은 서툴 수밖에 없겠지만 출간 준비를 하고 있던 당시를 떠올리면, 정말 시트콤 여러 편을 찍었다고 해도 과언이 아닐 것이다. 다행히 어느 정도 틀이 갖춰져 있는 글을 보완하며 원고를 채워 나갔는데, 어느 정도 틀이 있으니까 어렵지 않겠다는 내 오만한 태도를 비웃기라도 하듯 하루하루 원고를 대하는 태도가 변화무쌍하게 달라졌었다. 어느 날은 생각보다 나쁘지 않다며 조금 자신감을 얻어 작업하다가도, 다음 날이면 이건 쓰레기야 내가 뭘 보고 이게 나쁘지 않다고 생각한 거지, 나를 자책하기도 했다. 또 어느 날은 원고를 들여다보기가 두려워 읽는 둥 마는 둥 계속 딴짓을 하기도 했고, 그러다 다시 정신을 다잡고 경건한 마음으로 노트북 앞에 앉아 사뭇 진지한 표정으로 원고를 들여다보기도 했다.

그렇게 수도 없이 원고를 읽어 내려가다 문득 생각했다. 이 책으로 어떠한 것을 남길 수 있을까. 정말 우연히도 서점에서 이 책을 만나 기꺼이 시간을 투자해준 이에게 작은 마음, 같은 걸 전하기 위해 노력해야 하지 않을까. 굳이 멀리 갈 필요 없이 내가 일상에서 자주 느끼는 것을 예로 들어 설명하려 한다. 나는 영화를 좋아한다. 이 책 구석구석에 영화에 대한 이야기가 담겨있을 정도로 영화를 꽤나 좋아하는 편이다. 그렇게 영화를 챙겨보다 보니, '이 영화는 성공했다' 생각하게 만드는 나만의 포인트가 하나 생겼다. '내가 사는 현실 속에서 영화의 어느 한 장면이, 어느 한 대사가, 어느 한 빛이 침투하는 것을 경험하게 되는 순간'이다.

영화를 보던 당시에도 가슴을 울렸던 어느 한 장면이 내 삶의 어느 한순간 딱 맞아 떨어져 속절없이 눈물을 흘리게 만들거나, 친구와 대화를 나누다 나도 모르게 영화 속 인물이 했던 대사로 마음을 전하게 되거나, 유난히도 삶이 버거웠던 어느 날 나에게 쏟아지던 저녁 노을이 영화의 빛과 같아서 왠지 모르게 위로가 되었던 것처럼 이 책의 어느 한 페이지가, 어느 한 문장이, 어떠한 감정이 그대의 삶 어느 한순간 퍼져 나갔으면 좋겠다는 바람을 품게 되었다. 그래서 그렇게 떠오른 그 어떠한 것 덕분에 조금이라도 위안이 되었기를 바라는 마음을, 아주 찰나의 순간이더라도 전해졌으면 좋겠다는 희망을 가슴 속에 품은 채 내 마음을 적어 내려갔다. 부디 그 마음이 전해졌기를 소망한다.

차마 누구에게도 털어놓을 수 없어 쏟아내듯 적어 내려갔던 글이 이렇게 책이 되다니, 사실 믿기지가 않는다. 글은 그저 일기장에 끄적이는 것이 전부였던 내가 우연히도 내 공간 같은 곳을 만나 글을, 내 마음을 적어 내려가기 시작했던 그때. 글을 쓰지 않으면 도저히 잠들지 못했던, 잠들 수 없었던 그때. 하고 싶은 말은 넘쳐 흘렀지만 그 누구에게도 그 마음을 털어놓지 못했던, 털어놓을 수 없었던 그때. 그런 날이면 노트북 앞에 앉아 마음을 하나둘 쏟아내기 시작했다. 어느 날은 후련했고, 어느 날은 가슴 먹먹했으며, 또 어느 날은 눈물 훔치기 바빴던 그때. 사실 내가 쓴 글은 그 누구를 위한 것이 아니라 바로, 나를 위한 것이었다. 누군가를 위로하기 위해서가 아니라, 나를 위로하기 위해서 썼다. 내 마음을 정리하기 위해. 내 마음을 다독이기 위해. 내 마음을 보듬어주기 위해. 이런 나도 나쁘지 않다 애틋하게 바라보기 위해. 아직 나를 사랑하게 되었다 말할 순 없겠으나, 그럼에도 글을 쓰며 나를 그저 나로서 바라볼 수 있게 된 것에 감사한다. 나를 애틋하게 바라보기 위해 노력하고 있다는 것에 감사한다.

이렇게 소중한 경험을 만들어주신 출판사 가족분들께. 처음이라 유난 떨며 귀찮게 해드린 것 같아 죄송하고 또 감사하다는 말을 꼭 전하고 싶었어요. 진심으로 감사합니다. 예쁜 그림 그려주신 메그 작가님, 작가님의 그림이 표지가 되어 영광이에요. 정말 감사드립니다. 그리고 나에게 무던히도 관심을 가져주는, 나의 몇 안 되는 친구와 동생에게 이 말을 꼭 전하고 싶다. 그대들 덕분에 이 책을 시작할 수 있었고, 과정을 견뎌낼 수 있었으며, 끝까지 포기하지 않을 수 있었어요. 앞으로도 잘 부탁드립니다, 그대. 그리고 가족들에게. 평소에는 낯 뜨거워 꺼내지도 못했던 말을 이 자리를 기회 삼아 전해볼까 한다. 사랑하고 사랑하고 또 사랑합니다. 이렇게 가족의 연으로 만나게 되어 참 다행이고 행복합니다. 특히 우리 엄마, 아빠 아프지 말고 내 옆에서 오래오래 함께해 주세요. 또, 언제나 나를 사랑스러운 눈으로 바라봐주는 감자도 오랫동안 함께해 주길. 스스로를 무수히도 의심했던 순간마다 아름다운 노랫말로 무한히 나를 위로해준 '그들'에게도 감사의 마음 전합니다. 마지막으로 이 책을 선택하고 읽어주신 독자분들께 감사의 말씀을 전하고 싶습니다. 많은 책 가운데 이 책을 선택해주어 감사합니다. 부디, 좋은 시간이 되었기를 소망합니다. 그리고 부디 나를, 우리를 사랑하게 되었으면 좋겠습니다. 어느 곳에서나 행복했으면 좋겠습니다.

2019년 봄과 여름 사이
권다예